러시아,
그리고
시베리아 횡단에 빠지다

The 10th Story

# 러시아,
# 그리고
# 시베리아 횡단에 빠지다

글·사진 **송준영**

# CONTENTS

PART

## … 그리고, 시베리아 횡단에 빠지다 …
## & SIBERIAN RAILWAY

PART
## 03

## 시베리아 횡단열차
SIBERIAN RAILWAY



PART
## 04

## 바이칼 호수
LAKE BAIKAL

## PART 05 비하인드 스토리 OF BAIKAL

홀로 모든 것을 바꿀 수 있는 것이 있고
홀로 모든 것을 바꿀 수 없는 것이 있다.

홀로 모든 것을 바꿀 수 있는 가장 멋진 일 중 한 가지,
바로 여행이다.

# 13월 32일,
## 25시 61분…

하루에 1시간만 더 주어진다면 얼마나 좋을까 생각했던 적이 많다.
더 나아가 한 달에 하루가, 일 년에 한 달이 더 있다면 얼마나 좋을까 하고 말이다.
뒤를 돌아볼 겨를도 없을 만큼 분주한 세월 속에 하루보다 일주일이, 일주일보다 한 달이 훨씬 빠르게 흘러, 한 해가 지나 나이를 먹는 '지금'이다.
중학생 시절로 기억한다. 그 당시 나는 "세월이 너무 빠르다."는 부모님의 대화를 많이 들었다.
그때는 무슨 뜻인지 전혀 이해할 수 없었고 또 '이상한 나라'의 말처럼 들렸지만, 30여 년이 지난 지금에서야 의미를 조금은 알 수 있을 것 같다.
'유수流水'와 같이 지나가 버리는 안타까운 세월의 흐름에도 불구하고 나는, 나이가 들어가는 내 모습이 너무나 행복하다. 오히려 지금의 시간들이 더 빨리 흘러가 버렸으면 좋겠다 싶을 때도 많다.
그리고 곧 다가올 50세의 내 모습이 궁금하고, 60세쯤 거울에 비칠 하얗게 머리가 세어 버린 내 모습에 너무도 기대가 크다.
나는 "마음만은 20대야!"라는 말을 하지도 않고 좋아하지도 않는다. 외모도 40대 중반, 마음도 40대 중반인 '지금'이 행복한 이유다. 나는 '나이가 든다'는 것은 '책임감'이라 생각한다. 20대에 맞는 책임감과 30대에 맞는 책임감, 그리고 40대에 맞는 가정과 사회에 대한 책임감은 다를 수밖에 없다. 지금 내게 주어진 그 책임감에 최선을 다하며 살고 싶기에 이전의 나이는 부럽지도 않고 생각도 하지 않는다.

여태껏 살아온 과거의 내 모습이 '지금'이고, 미래에 마주하게 될 내 모습이 '지금'이기에, 그저 주어진 오늘 하루를 더욱 열심히 살고자 노력한다. 그러한 연유로 나는 '지금'을 열심히 살고, '지금'을 아주 중요하게 생각한다.

'지금' 무엇을 하며 살고 있는가…
'지금' 무엇을 위해 살고 있는가…
'지금' 누구를 위해 살고 있는가.
'지금' 누구와 함께 삶을 나누고 있는가…

호흡하고 있는 '지금'은 과거의 내 발자취이자, 미래를 위한 오늘이기도 하다.

'지금' 더 일해야 하고,
'지금' 더 공부해야 하고,
'지금' 더 인내해야 하고,
'지금' 더 함께해야 하고,
'지금' 더 사랑해야 하고,
'지금' 더 베풀어야 하고,
'지금' 더 용서를 구해야 하고,

'지금' 더…

'지금' 더 떠나야 한다…

더 늦기 전에…

취업 후, 결혼 후, 집 장만 후 나중에?

'나중에'는…

어쩌면 나에게 절대 오지 않을 '지금'이 될 수 있기에 조금 부족해도 나는, '지금' 생각하는 대로 살아내려고 부단히 노력한다.

특히, 떠남에 있어서는 더욱 그러하다.

어떻더라도 일 년에 하루만 더, 혹은 한 달이 더 있었으면 좋겠다는 생각에는 변함이 없다.

마치 13월 32일처럼…

또, 25시 61분처럼…

만약…

'만약'을 전제로 한 질문이다.

"한 달에 하루가 더 있다면 혹은 일 년에 한 달이 더 있다면, 늘어난 시간을 당신은 어떻게 사용하고 싶은가?"

'만약'이라는 질문에 대한 나의 대답이다.

"떠날 수 있었기에 '지금'이 있고, 떠날 수 있기에 '지금'이 있다고 생각한다. 늘어난 시간을, 나는 단연코 여행을 떠나는 데 기꺼이 사용할 것이다"

"부탁입니다. 꼭 기억해두십시오. 당신이 생각하는 대로 살지 않으면, 결국 당신은 사는 대로 생각하게 될 것입니다." - Paul Bourget -

내가 말하는 여행은, 반드시 어딘가로 떠나야 하는 흔히 얘기하는 국내외여행을 말하는 것이 결코 아니다.
매일 출퇴근 혹은 등하굣길, 새파란 하늘과 구름을 바라보며 행복했던 순간을 떠올려보자.
매일 지나는 골목길의 들국화를 보는 것도, 화창한 아침 한강의 대교를 건너는 출근길도 입가에 한가득 미소를 머금을 수 있다면, 그것은 고된 출근길과 등굣길이 아니라 바로 그 순간 여행이 되는 것이다.
그리고, 그러한 '여행연습'들은 더 먼 세상으로 나아갈 수 있는 동기가 되기도 한다.
나는 그렇게 여행을 연습한다.
어딘가로 훌쩍 떠날 수 있는 상황이 아니라면, 출퇴근길을 여행이라고 생각하면서 말이다.

PART

01

# 러시아
# RUSSIA

○ 모스크바 도모제도보 국제공항

나라 이름만 들어도 춥다며 러시아에 여름이 존재하는지 물어보는 사람들이 꽤나 많다.
세계에서 가장 큰 땅덩어리를 가진 만큼 지역에 따라 편차가 매우 크고 러시아에도 물론 뜨거운 여름이 존재한다.
'러시아의 여름'.

여름 또한 겨울 못지않은 멋스러움이 가득하다. 하지만 4계절을 모두 살아도 단연 으뜸은, 손발이 꽁꽁 얼어붙는 겨울이라고 나는 단언한다.
지금이야 워낙 많은 이들이 동으로 남으로 곳곳을 누비고 다니는 까닭으로 '러시아'가 그리 생소하지 않지만, 20년 전 유학을 떠날 당시만 해도 '러시아'라는 단어는 지인들에게 아무런 여과 없이 그냥 '소련'이었다.
"도대체 거길 왜 가는 거야?"라고 할 정도로….

세계 최대 크기 영토의 러시아는 지정학적으로 '동유럽'과 '북아시아'에 속하며, 단일 국가 내 9개의 시간대를 가진 실로 엄청난 규모의 나라다.
지구 육지 총면적 중 '7분의 1'을 소유한 나라. 나라 안에서 11시간의 시차가 발생하고, 내륙과 북극권의 계절 온도 차가 100도인 나라 '러시아'
흑해 연안 '소치'의 여름과, 바이칼 호수의 북쪽 끝자락에 위치한 '베르호얀스크'의 겨울 온도 차는 실제로 100도에 육박한다. 역사적으로 베르호얀스크의 가장 낮았던 온도는 영하 67.8도였다.
1991년 12월의 마지막 날 '소련'이 해체되고, 67년간의 사회주의체제에서 자본주의로 전환된 러시아.
수년 전 한러 양국의 비자면제협정이 체결되면서, 한국인들의 발길이 급증하고 있다.
20여 년 전 생애 첫 해외여행지였던 태국의 '방콕'과 '파타야'를 다녀왔던 것이 전부였던 내게, 당시 러시아로 처음 떠났을 때는 상당히 생소하고 두렵기도 했다. 또, 여행자의 신분이 아닌 학생의 신분으로 출국길에 오른다는 것이 여간 부담이 아니었다.
"말과 글은 잘 배울 수 있을까? 환경적응은 잘할 수 있을까?"

현재는 직항노선들이 구간에 따라 많이 생겨나고 이리저리 저렴한 항공권도 많지만, 1990년대 후반에는 인터넷이 발달하지 않아 여건에 맞는 항공권을 구하는 것이 매우 어려웠다.
며칠을 여행사 발권 담당자와 고민을 해야 했고, 거듭된 고민 끝에 러시아 '끄라스에어'를 선택하고 받아든 항공권은, 전자항공권으로 대체된 현재는 절대로 볼 수 없는 수표책으로 된 항공권이었다.
대한민국의 밤하늘을 높이 올라 얼마나 날았을까?
러시아의 중앙 '크라스노야르스크'에 도착했다. 지금의 무데뽀 정신이었다면 당장에라도 시내로 뛰어가 카푸치노 한 잔 들고 도시의 이곳저곳들을 음미했을 터인데, 당시에는 어리고 경험이 많지 않았던 까닭으로 쉬 용기가 나지 않았다.
다시 국내선으로 환승하여 쌍트 빼쩨르부르그의 '풀코보 공항'에 입성했던 순간은, 두렵고 떨리는 마음과 설레며 기쁜 마음이 아주 오묘하게 교차했고, 지구에서 가장 큰 땅덩어리에 도착했다는 자체로 내겐 벅찬 감격이었다.
또 공항에서 학교로 가는 동안의 모든 풍경은, 단 한 번도 보지 못했던 낯섦 투성이었고 거리엔 험상궂은 표정의 사람들로 넘쳐났다.
하지만 가슴속에 무언가 용솟음치고 있었다.
그때는 알지 못했지만, 그 느낌은 훗날 알게 된 낯선 곳에서 느끼는 나만의 아드레날린이었다.
이제는 그 아드레날린을 어디서건 마음껏 누릴 수 있는 여유가 생겼지만, 그때는 조금도 느끼지 못했다.

# 쌍트 빼쨰르부르그(레닌그라드)
## St. PETERSBURG

○ 네바 강 스핑크스상 앞에서

남들은 가고 싶어도 갖가지 이유로 가지 못 하는 곳에서 공부를 하며 살아보기도, 만학도가 되어 다시 돌아온 러시아 까잔에서 공부할 때는 여행으로, 헤아릴 수 없이 발 도장을 찍은 나의 '제2의 고향'이다.

이름만 들어도 사무치게 그리운 곳.

학교 본관의 수업이 일찍 끝나 '네바' 강가를 거닐기에 안성맞춤인 날이다. 강을 따라 걸으며 올려다보는 쌍트 빼쨰르부르그의 하늘이 너무나 푸르고 아름답다. 이런 날은 일찍 귀가하면 손해다 싶어 기숙사와 반대 방향으로 걸음을 옮긴다.

이집트에서 가져온 전승의 흔적 '스핑크스상' 너머로 보이는 '이삭 성당'의 금빛 돔이, 똑바로 쳐다보기 힘들 정도로 눈부시다. 유유히 흐르는 네바 강도 이 여름이 지나고, 겨울이 오면 꽁꽁 얼어 버리겠지.
매일 자정에 개폐되는 '궁전 다리'를 바라보며 네바 강가의 계단에 앉아, 강 건너 이삭성당의 금빛 돔을 바라볼 때면 온갖 잡념들이 씻겨지는 것만 같다.
잔잔한 강물을 물끄러미 바라보는 중, 이내 차이콥스키 6번 교향곡 '비창'이 네바 강가에 울려 퍼진다.
주변을 돌아보니 나 이외 아무도 없다. 나는 신나게 목소리로 교향곡을 연주하며, 두 팔을 허공에 휘젓는다. 너무나 평온하고 아름다운 순간이며, 내 마음에 울리는 음악이 나의 마음을 치유하는 듯하다. 지금에야 어느 곳엘 가도 대륙인들이 여행지를 초토화시켜 엄두도 내지 못할 장면이지만, 그때는…
정말 그때는 너무도 고요했다.

궁전 다리를 건너 '에르미따쥐(겨울 궁전)'와 '구 해군성 광장'을 가로질러 '넵스키 대로'에 들어섰다.
갑자기 늘어난 차량들로 복잡해지긴 했지만, 기다란 넵스키 대로가 마음으로는 더욱 생기를 찾게 만든다.
이따금 지치고 외로울 때, 이곳 '까잔 성당'으로 두 발이 나를 인도한다.
조각상 앞 난간에 걸터앉아 성당 앞 9루블짜리 '길거리 다방 커피' 한 잔을 마시니 그제야 안도감이 찾아온다.
마주한 서점 '돔 끄니기'에도 들른다. 값은 얼마 하지 않지만 모든 학생들이 가지고 있던, 북한에서 제작한 포켓용 '노한사전' 하나를 구입하고선 부자가 된 기분이다.
오랜만의 외출이니 '피의 성당'에도 한번 들러본다.
주말도 아닌데 어쩐 일로 '마뜨료쉬까 인형' 시장이 문을 열었다. 공부를 마친 후 한국으로 귀국하기 전 구입할까 했지만, 마음이 바뀌어 작은 마뜨료쉬까 하나를 손에 꼭 감싸 쥔다.
열어도 열어도 똑같은 모양의 인형이 계속 등장하는 마뜨료쉬까 인형이 나는 참 좋다.
내 삶도 이래야 할 텐데 말이다. 양파가 벗겨도 벗겨도 양파인 것처럼….

오늘 유난히 기분이 좋다.
"그래 기분이다. 버스 말고 마르시루뜨까(노선만 있는 미니밴 택시) 타고 기숙사로 가자."
기숙사 맞은편 식료품점 '마르스꼬이'에서는 이것저것 주전부리도 바구니에 담았다.
기숙사 방문을 열어젖히는데 메모지 하나가 팔랑거리며 바닥에 떨어진다. 유독 친하게 지내던 일본인 유학생 동생들이 보고 싶다며 찾아왔었나 보다. 나도 아쉬웠지만 어쩔 수 없는 노릇.
애써 "조금 일찍 들어올 걸 그랬나!" 하며 혼잣말을 하는 순간 바깥에서 노크 소리가 들린다.
문을 열자, 왔다가 돌아갔던 일본 동생들이 "짠~" 소리를 지르며 양손 가득 간식거리를 들고 방 앞에 서 있다.
유미, 미나, 게이꼬, 혼다.

○ 기숙사에서 일본 학생들과 즐거웠던 한때

얘네들은 심심하면 나를 찾는다. 아무런 사심 없이 나에게 한국어로 또박또박 '형'이라고, 또 '오빠'라고 대해주니 그저 감사할 뿐이다. 한바탕 신나게 웃고 떠들어대면 서로의 외로움은 금세 달아난다.

당시에는 지금(2019년 9월 기준)처럼 일본과의 관계가 이토록이나 나쁘지 않았기에 우리는 만나면 항상 유쾌해져서 좋았다. 한국 얘기, 일본 얘기, 또 러시아와 학교에 대한 얘기 등 매일 같은 얘기 나눔이 그때는 지겹지도 않았나 보다.

그렇게 빼쩨르에서의 추억 하나가 또다시 만들어지며 하루해가 저물어간다. 기숙사 나의 방에서 해가 저무는 핀란드만을 바라다보는 매일의 저녁이 특1급 호텔 전망 못지않아 날마다 행복한 순간이다.

유독 나를 잘 따랐던 '유미의 마음'을 한참이 지나 한국 귀국 후, 그녀의 편지를 통해 알게 되었다.

그렇게 세월이 흐르면서 사진들을 추억하니, 함께 찍은 사진 사진마다 유미가 내 옆에 있었다는 걸 20여 년이 지난 지금에서야 알아차린다.

## 넵스키 대로 Nevsky Prospect

○ 빼쩨르부르그의 심장 '넵스키 대로'

넵스키 대로는 쌍트 빼쩨르부르그 여행의 중심이다.
궁전 다리에서부터 마스꼽스키 바그잘(모스크바 역)에 이르기까지 수Km에 이르는 대로 사이에 온갖 볼거리들이 집중되어 있어, 옆길로 새지 않고 대로만 왕복하더라도 반나절은 족히 소요된다.
'책방'이라는 뜻의 '돔 끄니기'는 모스크바에도 있지만, 아르누보 양식으로 지어진 빼쩨르의 건물이 훨씬 아름답다. 제1차 세계대전 당시에는 서점의 1층이 미국 대사관으로 쓰이기도 했다.
기초과학, 그리고 예술 분야 등 러시아라는 대국의 과거와 현재를 눈으로 목격할 수 있는 곳으로 남녀노소를 불구하고 러시아인들의 책 사랑을 코앞에서 목격할 수 있다.
브랜드화되어 버린 '돔 끄니기' 이외에도 일반 '책 시장'과 노점에서의 책 구매는 하루 종일 러시아인들의 발길이 끊이지 않는다.

○ 돔 끄니기

이제는 쌍트 빼쩨르부르그에도 '시티투어버스'가 생겨나 넵스키 대로와 주요 관광지를 손쉽게 이동할 수 있지만, 메이저급 스팟에 가려져 곳곳에 숨어 있는 진주를 보려면 도보 여행이 최고다.
걸으면서 문화예술의 1번지 '예술 광장'과 인근의 '미하일롭스키 극장'에서 발레 공연 스케줄을 확인하고, '러시아 박물관'에 들러 10세기부터 현재에 이르는 러시아 예술품을 감상하는 것도 훌륭한 일정이 될 수 있다.

## **겨울 궁전** Hermitage Museum

○ 겨울 궁전 '에르미따쥐 박물관'

쌍트 빼쩨르부르그에는 유독 무제이(박물관)가 많다. 공부할 당시 학생들 사이에서 다음과 같은 말이 오갔다.

'빼쩨르의 모든 건물은 무제이(박물관)야'.

그중에서도 단연코 으뜸은 '에르미따쥐 박물관'으로, 세계 3대 박물관 중 하나로 꼽히는 쌍트 빼쩨르부르그 여행의 첫 번째 필수코스다.

계몽주의적이었던 예까쩨리나 여제가 서유럽의 품격 있는 문화생활에 비해 상대적으로 초라했던 러시아 귀족들의 한 차원 높은 문화생활을 기대하며 개인 화랑을 꾸민 것이 에르미따쥐의 시초.

특히 주목할 만한 것은, 프랑스 파리의 '루브르 박물관'과 런던의 '영국박물관'이 '약탈의 창고'인 반면, 쌍트 뻬쩨르부르그의 '에르미따쥐' 소장품 대부분은 제정러시아 시대부터 대를 이어온 수집과 기증, 구입으로 만들어진 것이다.

전쟁을 많이 치른 러시아가 정말 100% 그러하겠냐마는, 아무튼 약 300만 점이라는 어마어마한 작품이 천여 개의 방에 나뉘어 전시되고 있다. 하루 10시간 관람 기준으로 작품 1점을 1분 동안 감상한다면 모든 작품을 보는 데 약 15년이 소요될 정도로 엄청난 규모다.

10시간 감상 중 식사를 한다거나, 카페에서 커피를 마시는 등 조금이라도 게을리 한다면 시간은 그만큼 더 늘어나게 될 것이다.

제정러시아 시대 황제의 거처로 사용된 '겨울 궁전'과 4개의 건물이 서로 연결되어 형성된 에르미따쥐 박물관은 레오나르도 다빈치, 미켈란젤로, 라파엘로, 고갱, 고흐 등 천재적인 거장의 작품은 물론이거니와 이태리의 조각품, 이집트의 미라에 이르기까지 실로 방대한 작품이 전시되어 있다.

뿐만 아니라 터키, 인도, 중국, 일본, 그리스, 로마, 페르시아 등 세계의 고대 유물과 제정러시아 시대의 보석, 왕관 등이 지하 보물 보관함에 전시되어 있다.

외벽의 지붕을 보면서 또 한 번 감탄사가 나온다.
네바 강을 내려다보는 176개의 빼곡한 조각상들은 입이 다물어지지 않을 정도로 정교하며 아름답다.
2001년 7월 쌍트 빼쩨르부르그에서 공부하고 있을 당시, 북한의 김정일 국방위원장이 러시아 순방 중 에르미따쥐에 대한 극찬을 아끼지 않았다는 신문기사를 보았다.
사람의 눈과 마음, 국적을 불문하고 한결같은가 보다 싶었다.
많은 세월이 흐른 후 다시 찾아도 완벽하게 멋있는 박물관, 바로 '에르미따쥐'다.

## **피의 성당** Spas Na Krovi

모스크바 붉은 광장의 '성 바실리 사원'과 매우 비슷한 형태로, 모스크바를 먼저 여행한 후 쌍트 빼쩨르부르그에 방문하는 여행자들은 헷갈릴 수 있다. 1881년 짜르(황제) '알렉산드르 2세'가 폭탄 테러를 당한 현장에 세워진 성당으로, 내부에 당시의 피 흔적이 남아 있어 '피의 사원'이라는 이름을 가지게 되었다. 1883년 땅을 다져 24년간 건축된 것이 현재까지 이른다. 여행책자에 이따금 등장하는 모습은 옆에서 보는 각도이며, '그리보에도바 운하'를 따라 깊숙이 들어가서 정면을 바라보면 좌우가 대칭인 아주 아름다운 성당이다. 그리보에도바 운하 양옆으로 줄지어 서 있는 레스토랑과 카페에서 시간을 보내며 성당을 바라보는 것도 아름다운 추억의 한 장면이 될 것이다.

## **까잔 성당** Kazan Cathedral

넵스키 대로에서도 가장 번화한 지역에 웅장한 자태를 드러내고 있는 '까잔 성당'.

이곳은 러시아의 느낌보다, 건물을 떠받치고 있는 외부의 기둥들로 인해 고대 그리스 신전을 떠올리게 한다.

시끌벅적하면서 나름 운치가 있는 이곳을 나는 부모님과 대한민국이 그리울 때 찾았다. 왜 그랬는지 나도 모르겠지만, 큼지막한 콜룸을 등받이 삼아 기대어 앉아 거리의 사람들 구경하는 것에 빠지다 보면 금세 외로움이 사라졌다.

까잔 성당은 1801년 '안드레이 보로니힌'에 의해 10여 년간 건축됐다.

화려하게 장식된 실내와 중앙 홀 자연채광을 받고 있는 천장 돔은 단아

한 느낌의 아름다움이다.
성당 내부에는 1812년 프랑스와의 전쟁에 승리하면서 가져온 군기와 휘장들이 보관되어 있고, 나폴레옹 전쟁의 영웅이라 칭함 받는 '미하일 쿠투조프'의 장례식이 성당에서 거행된 후 시신이 안치되었다. 시티투어버스와 중단거리 익스꾸르시아(관광용 차량) 승차장이 있어, 수많은 인파가 모여드는 시간이 있다. 소매치기 등 깊은 주의가 필요하다.

## 마린스키 극장 Mariinsky Theatre

에르미따쥐 박물관을 등지고 넵스키 대로를 건너, 이삭 성당을 지나 10여 분 걸으면 '마린스키 극장'이 나온다.
마린스키 극장은 발레와 오페라 전용 극장으로, 모스크바 '발쇼이 극장'과 양대산맥을 이룬다.
(현재는 블라디보스톡에도 현대식 건축물의 분관이 생겼다.)
학교 게시판에서 우연찮게 마린스키 극장에서 '지젤' 공연이 있다는 정보를 입수했다.
사실은 그때까지만 하더라도 발레에는 관심이 없었고, 유명하고 아름다운 '마린스키 극장'과 '지젤'이라는 작품에만 초점이 맞춰져 있었다.
이를테면, "나 마린스키 극장에서 지젤 봤다." 뭐 이런 거….
그런데 공연장에 들어서는 순간 깜짝 놀라고 말았다.
태어나서 처음 마주하는 아름다운 공연장이었다. 무대를 가리고 있는 커다란 커튼과 5층으로 이루어진 반원 모양의 객석은 중세유럽의 귀족 생

활을 묘사하는 영화에서나 봐왔던 모습인데, 내 눈앞에 펼쳐져 있으니 마치 꿈을 꾸는 것만 같았다.

이곳 러시아가 음악, 발레 등의 분야에서 세계적으로 뛰어난 예술가들을 배출할 수밖에 없었던 환경이 너무나 부러웠다. 그것도 어제오늘에 지어진 것이 아니라, 100년이 훌쩍 넘는 1860년에 건축됐다고 하니 그 역사와 혼을 어찌 감히 흉내 낼 수 있으랴.

서커스 극장으로 건축된 오리지널 마린스키 극장은 1859년 화재로 소실되었다.

"빠른 시일 안에 복원하라"는 짜르(황제) '알렉산드르 2세'의 명령에 따라 이듬해 10월 개관하게 된 것이 현재에 이른다.

가장 눈에 띄는 것은 독립적인 공간을 가진 일명 '왕의 자리', 또 '왕관 자리'라 불리는 객석이 너무나 아름답고 멋있다.
지젤을 관람하고 난 약 1개월 후(2001년 7월), 이 왕관 자리에서 북한의 김정일 국방위원장이 마린스키 극장에서 발레를 관람했다.

마린스키 극장에서도 단연 으뜸은, '마린스키 발레단의 지젤'이다.
19세기 프랑스의 시인 '테오필 고티에'의 대본, '아돌프 아당'의 음악, '장 코랄리', '쥘 페로'의 안무로 완성되어진 발레 '지젤'.
나는 세계 최고의 발레단 중 하나인 '마린스키 발레단'의 '지젤'을 관람한 후, 발레의 매력에 푹 빠졌다.
발레는 말이 없다. 그런데 아름다운 발레리나 한 명 한 명이 마치 나에게 속삭이는 것만 같다. 이후 '백조의 호수'를 비롯하여 많은 발레 공연을 섭렵했다.

발레 '지젤'은 '소녀 지젤'과 '백작 알버트'의 사랑을 그린 작품으로 프랑스 파리 오페라 극장에서 초연되었다. 참고로 오늘날 우리가 관람하는 '지젤'은 1841년의 '초연' 작품이 아닌, '마리우스 쁘띠빠'가 새롭게 구상한 안무의 '지젤'이다.

'마린스키 발레단'의 '지젤'을, 쌍트 빼째르부르그 마린스키극장에서 볼 수 있었던 것은 내 삶에 커다란 행운이었다. 이따금 아직도 그날의 감동이 쉬 잊히지 않는다.

극장은 1990년 유네스코 세계문화유산에 등록되었으며, 지난 2013년 본관 옆에 마린스키 극장 2관이 개관되었다.

## 여름 궁전 Peterhof

쌍트 빼쩨르부르그에서 핀란드 만을 끼고 약 30Km 떨어진 곳에 작은 도시 '빼쩨르고프'가 있다.

현재는 일반 여행자들에게도 매우 많이 알려져 있지만, 유학 중 방문했을 때는 아시아인을 찾아보기 힘들 정도였다.

'뾰트르 대제'의 '여름용 궁전'으로 지어진 '빼쩨르고프'. 도시의 이름이자, 황제의 궁전 명칭으로 러시아 여행의 하이라이트라 해도 과장이 아닐 정도로 아름다운 곳이다.

여름 궁전은 크게 '윗정원'과 '아랫공원', 그리고 '대궁전'으로 나누어진다. 세 군데라 해서 잠시 들른다는 생각으로 하루의 일정을 촘촘하게 계획한다면, 여름 궁전 이후의 일정은 물거품이 되고 말 것이다.

1아르는 가로세로 한 변의 길이가 100m인 정사각형의 면적이다. 1아르의 백배가 1헥타아르.

빼쩨르고프는 100헥타아르의 면적이다. 그러니 하루를 완벽하게 보낸다 하더라도 시간이 부족할 수 있다.

도대체가 가늠조차 불가능한 면적의 땅에 수십 개의 별장과 공원들, 분수대의 조각상들을 뾰트르가 직접 설계에 참여했다고 하니 얼마나 공을 들였는지 알 수 있는 대목이다.

이렇게 아름다운 궁전이 제2차 세계대전 당시 독일의 폭격을 받아 심하게 훼손되었고, 나치 독일에 의해 무자비한 약탈을 당했다. 종전 직후부터 30여 년간의 복원 끝에 1990년 세계문화유산으로 등재되었다.

특히, 아랫공원의 '삼손 분수'는 여름 궁전 내에서도 최고의 인기를 실감케 한다. 삼손 분수 이외에도 '체스 분수', '로마 분수', '트리톤 분수', '피라미드 분수' 등의 금빛 조각품들이, 뜨거운 태양에 반사되어 눈을 실명

케 할 정도다. 정말이지 그 수 많은 모든 분수들과 조각들이 얼마나 아름답고 화려한지 모른다.

분수대를 내려와 정원을 거쳐 여름 궁전을 돌아보는 데에는 시간도 시간이거니와 체력이 뒷받침되지 않으면 다 돌아보지도 못할 뿐 아니라, 체력 고갈로 다음 일정에 차질을 빚을 수 있을 만한 면적이다.

욕심부리지 않고 여유롭게, 마치 뾰트르 대제가 된 것 같은 마음으로 궁전을 돌아본다면, 너무나 멋진 추억이 될 것이다.

참고로 과거에는 나무의자로 된 매우 불편한 기차와 버스로 장시간 이동했지만, 현재는 빼쨰르의 네바강에서 페리를 이용하면 약 30분 만에 도착할 수 있다.

## 벨느이 노취, 백야의 도시 레닌그라드 White Night & Leningrad

'쌍트 빼쩨르부르그'는 '백야(벨느이 노취)'를 경험할 수 있는 도시 중 하나

다. 약 7월 중순경부터 한 달 조금 넘도록 24시간이 대낮이라 생각하면 이해하기 쉽다.
대낮 같은 아주 깊은 밤, 태양이 살며시 사라지려는 듯 또다시 금방 해가 떠올라 하루 종일 낮 같은 묘한 기분이다.
물론 많은 이들이 낮 같은 밤을 즐기지만, 매일 즐기다간 생체리듬이 깨져 여행을 망칠 수 있으니 음주가무에 능한 이들은 조심해야 한다. 백야의 시기에 세계적인 음악축제로 발돋움하고 있는 '백야축제'가 펼쳐지니 이 시기에 맞춰 여행을 한다면 두 마리 토끼를 한꺼번에 잡을 수 있다.
백야 기간에는 기숙사 내에도 해가 지지 않는다. 각 층에서 벌어지는 갖가지 베체린까(파티)에 초대되어 위층 아래층 오가며 등에 땀방울이 맺힐 정도로 바빠진다. 사실 이 시기에 많은 나라의 학생들과 조우할 수 있으며, 이는 기숙사 생활 중 가장 즐거운 한때이기도 하다.

# 모스크바
## MOSCOW

그대여! 러시아 '사실주의의 시조'라 불리는 작가 '고골(니꼴라이 바실리예비치 고골)'의 작품 「외투」를 읽어본 적 있는가!

차디찬 겨울 새 외투를 구입할 여력이 없는 한 사나이의 쓸쓸한 삶을 묘사한 작품.

소설은 러시아의 암울한 현실, 지주 사회의 도덕적 퇴폐와 관료 세계의 모순 · 부정 등을 묘사하고 있다. 또, 때로는 칼보다 더 큰 능력을 뿜는 예리한 펜으로 사회의 부정한 곳곳을 찌른다.

글을 읽다 보면 비단 러시아의 과거에 국한된 것이 아닌, 오늘을 살고 있는 우리네 사회에도 똑같은 외침을 주는 듯하다.
소설에서 미약하게나마 느낄 수 있는 러시아의 강추위를, 얄팍한 한 줄 글로 도저히 표현할 길이 없다.
너무나 추운 까닭으로, 러시아의 많은 공공기관과 큰 건물 외벽에는 시간과 온도를 알려주는 전광판이 곳곳에 설치되어 있다.
한겨울에는 기본으로 영하 20도를 유지한다. 더 추워지면 숫자가 3으로 바뀌고, 더하면 4에 육박한다. 러시아에 살고 있다면 영하 20도쯤은 아무것도 아니지만, 3에 가까워지고 3을 넘어 버리면 얘기는 확실히 달라진다.
고어텍스 등산용 부츠에 양털 밑창을 두 개씩 깔아도 도로에서 에어컨을 가동 중인 느낌.
차가운 바깥에서 한참을 오들오들 떨다가 '뜨랄레이부스(전기선 버스)'가 도착해 따뜻한 실내로 승차하면, 안경은 말할 것도 없이 외투 모자의 털 장식과 콧속은 얼음결정체로 변해버린다(바로 말하자면, 구형 뜨랄레이부스는 히터가 있지도 않다. 그저 승객들의 체온으로 바깥보다 나은 정도일 뿐이다).
그러나 너무 염려할 필요는 없다. 백화점이나 학교, 쇼핑센터 등의 건물은 난방이 잘 되어 있어 외투보관소에 겉옷을 맡겨야 할 정도다.
실제로 한겨울 쇼핑센터에서 러시아 미녀들의 옷차림은, 지금이 겨울인지 여름인지 분간하기 힘들 정도로 가벼운 옷들만 입고 있다.
고통스러울 것 같지만 이러한 러시아의 겨울은 그 어디에서도 느낄 수 없는 완벽한 러시아만의 것이다.
그리고 러시아의 겨울을 경험해보았다면, 그 겨울의 추억들이 사무치도록 그리워질 것이 분명하다.

## 모스크바 역(마스꼽스키 바그잘)

Moscow Station

수도 모스크바에는 세 개의 공항과 9개의 아름다운 기차역이 있다.

러시아의 기차역과 지하철역은 현지에서도 '박물관'이라 불릴 만큼 웅장하고 아름답다.

플랫폼 천장과 벽에 그려진 아름다운 벽화, 황홀할 정도로 아름다운 샹들리에는 입이 다물어지지 않을 정도다.

과거에 많은 전쟁을 치른 까닭인지 모르겠지만, 지하철 개찰구에서 매우 깊게 파 내려간 플랫폼은 방공호로 쓸 수 있을 만큼 한참을 내려가야 한다. 에스컬레이터를 타고 300m · 500m 내려가는 것은 기본이며, 속도 또한 매우 빨라 손잡이를 꼭 잡아야 할 정도다.

○ 모스크바의 기차역들은 매우 아름답다.

○ 모스크바 지하철 플랫폼은 상당히 깊은 곳에 있다.

## 모스크바에는 '모스크바 역'이 없다?

대한민국 서울에 '서울역'이, 부산에 '부산역', 폴란드 바르샤바에는 '바르샤바 중앙역'이 있는데….

그렇다. 모스크바에는 '모스크바 기차역'이 없다.

이유는 거미줄처럼 엮인 국내선과 본격적으로 유럽땅을 향하는 국제열차의 선로들이 많아서, 국내외의 도착 도시를 역명으로 지은 까닭이다.

---

「중독3: 유럽에 빠지다」에서, 러시아의 모든 도시에 해당 도시명의 기차역이 존재하지 않는다고 했는데, 잘못 표현했다.
모스크바에만 '모스크바 역'이 존재하지 않는다. 모스크바를 제외한 러시아의 거의 모든 도시 기차역은 해당 도시명의 기차역을 가지고 있다.
꼼꼼하게 확인하지 못했다면, 이번 10부에서도 얼렁뚱땅 넘어가 버릴 뻔했다.
너무도 창피하지만 늦게나마 지면을 빌어 독자분들께 죄송한 마음을 전하면서, 위 내용으로 정정한다.

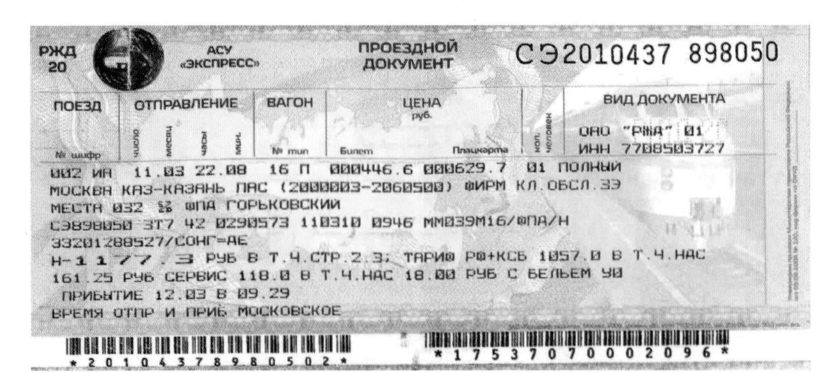


○ 러시아의 열차 승차권

따라서 모스크바에서 쌍트 빼쨰르부르그(레닌그라드)로 갈려면 '레닌그라드스키 바그잘(역)'로, 까잔과 싸마라를 가기 위해서는 '까잔스키 바그잘', 우크라이나의 끼예프나 오데사에 가려면 '끼엡스키 바그잘'로 가면 된다.

만약에 대한민국의 남과 북이 '철로의 통일'만이라도 이루어져 부산에서 출발한 열차가 평양(북한)을 지나, 베이징(중국)과 울란바토르(몽고)를 넘어 모스크바까지 가게 된다면 말이다.

그렇다면 러시아 모스크바에 '세울스키 바그잘' 혹은 '뿌산스키 바그잘'이 생기지 않겠는가!

모스크바에 '서울역'과 '부산역'이라!

생각만으로도 즐거워지고 온몸에 전율이 흐른다.

그리고 부산 혹은 서울에 '마스꼽스키 바그잘(모스크바 역)'이 생긴다면 러시아 여행이 한결 수월해지고, 유럽 여행 또한 가깝게 느껴질 것이다.

속히, 그리고 반드시 그날이 오기를 두 손 꼭 모아 기도해본다.

참고로, '철로의 통일' 이외 더 큰 기대는 하고 싶지 않다.

**붉은 광장** Red Square

붉은 광장! 붉은가?

나에게 많은 이들이 질문을 던진다.

대답은 붉지 않다. 붉은 게 굳이 있다면 대통령 궁인 '끄레믈(크렘린 궁)'의 빨간 성벽과 국립역사박물관의 빨간 벽돌 이외에는 없다.

미뜨로(지하철)에서 지상으로 올라와 '부활의 문'을 지나면 우로는 '끄레믈' 성벽이 위용을 드러내고, 좌로는 국가에서 운영했던 상점 '굼', 광장 너머 정면에는 테트리스의 주인공 '성 바실리 성당'이 아름다운 모습으로 하늘 높이 솟아 있다.

'붉은 광장'이라는 명칭의 유래는 이렇다.

공식명칭은 '아름다운 광장'이라는 의미를 가진 러시아어 '끄라스나야

쁠로샤찌(Красная площадь)'다.

하지만 '아름답다'라는 단어 'Красная(끄라스나야)' 안에는 '붉다, 빨갛다'라는 단어도 포함된다.

그리고 광장에서는 짜르(황제)의 연설이나 판결·포고가 내려졌었고, 군대의 사열이나 시민들의 시위행렬도 일어났다. 또, 메이데이(당의 날, 노동자의 날)와 혁명기념일에 빨간색 현수막과 시민들이 빨간색 깃발을 흔들면서 광장에 등장한 것이 유래되어 '붉은 광장'이라고도 불리게 된 것.

붉은 광장에 섰다면 당신은 러시아에 도착한 것임이 틀림없다.

**레닌 묘** Lenin's Mausoleum

끄레믈과 연결된 붉은 광장 중앙에는 밀랍 방부 처리되어 있는 '레닌 묘'도 볼 수 있다.
실내에서 사진촬영을 하거나 대화를 나누면 제재를 받게 된다.
아마 누가 촬영하라 해도 경비병들의 기에 눌려 못 하게 될 것이 분명하다. 줄을 서서 내부로 입장하면 아주 어두운 홀 중앙 유리 상자에만 특수 램프가 비춰진다. 마치 살아 있는데 잠을 자고 있는 것처럼 완벽한 모습이다.
1924년 레닌 사망 후, 100년이 다 되어가는 지금에까지 죽지 못하고 저렇게 계신다.
여러 차례 관람한 경험이 있어 레닌 이외의 방향으로 조심스레 눈을 돌린 나는 소스라치게 놀랐다.
그렇게나 깜깜하게 밀폐된 공간에서 아무것도 보이지 않던 것들이, 시선을 완벽하게 다른 곳으로 돌리니, 벽에 바싹 붙어 있는 무수한 경비병들이 총기를 소지한 채, 두 눈 부릅뜨고 어둠 속에서 관람객들을 지켜보고 있던 것.
다시 한번 말하지만, 사진 촬영과 대화는 금물. 조금 더 자세히 보기 위해 멈추어서도 안 된다. 앞사람을 따라 조심조심 조용히 신속하게 빠져나가야 한다.
참고로 베트남의 수도 하노이에서는, 밀랍 방부처리 된 '호찌민'의 시신을 볼 수 있다. 1969년 9월에 사망했으니, 러시아에서 '시신방부기술'이 전수되었는지도 모르겠다. 하노이 '호찌민 묘' 내부의 모습이, 모스크바 '레닌 묘'와 매우 비슷한 모습이다.
레닌을 보기 위한 줄이 상당하다. 정오를 기해 입장을 제한하니, 붉은 광장의 테트리스(성 바실리 성당)와 '굼'에서 쇼핑에 집중하다 보면 레닌을 보지 못하고 비행기에 오를 수 있다.
본인의 시간 착오로 '레닌 묘'를 관람하지 못한 것을, "러시아까지 가서 내가 왜 그 사람 시신을 봐야 해?"라며 변명하지 말기.
나 그런 사람 많이 봤다. 러시아 모스크바에 왔으니 꼭 봐야 한다.
변덕 심한 러시아인들이 레닌 묘 입구 문을 평생 걸어 잠그기 전에….
아울러 한가지 다시 참고하자면, 울엄니는 하노이 '호찌민 묘'를 다녀온 후 굉장히 후회를 했다.
그리고 한참의 시간이 흐른 후에나, 급격하게 뒤틀려버린 비위가 정상으로 돌아왔다.
내가 아무렇지 않기에 '꼭 봐야 한다'는 말은, 어쩌면 틀릴 수도 있겠단 생각이 든다.
결정권을 독자분들의 몫으로 남겨둔다.

### 크렘린 궁 The Moscow Kremlin

'모스크바의 성채'를 뜻하는 '마스꼽스키 끄레믈'. 모스크바 이외에도 러시아에 많은 성채들이 남아 있다. 그중 가장 웅장하고 유명한 곳이 모스크바 끄레믈이다. 약 2Km 둘레에 19개의 망루로 둘러싸인 끄레믈은 14세기 '타타르인'들의 침입을 막기 위해 축조되었다.
1917년 '러시아 혁명' 이후, 이듬해인 1918년부터 구소련 정부의 본거지 역할을 맡았다.

1812년에는 나폴레옹의 프랑스 군대에 의해 일부 건물이 붕괴되었으나, 재건된 것이 현재의 모습이다.

끄레믈 바쉬냐(망루) 중 가장 아름다운 '스빠스까야 바쉬냐'는 끄레믈의 메인 게이트 역할을 했지만, 보호를 위해 '트로이츠까야 바쉬냐'로 입구가 바뀌었다. 스빠스까야 바쉬냐의 첨탑과 어우러진 4면 시계가 너무나 아름답다.

끄레믈 내부에는 구소련 시절 공산당 전당대회로 사용되었던 '끄레믈 대회궁전', '궁전 병기고', '원로원', '우스펜스키 사원'을 비롯한 갖가지 아름다운 사원과 '세계에서 가장 큰 대포와 종'이 있다. 하지만 그 대포와 종은 단 한 번도 사용된 적이 없다.

현재의 대회궁전은 '제2의 발쇼이 극장'이라 불리며, 각종 유명 공연이 펼쳐진다.

지난 2004년 11월 2일 대한민국 방송의 'KBS 열린음악회'가 역사적인 공연을 펼쳤고, '머라이어 캐리'가 공연을 한 장소이기도 하다.
끄레믈은 1990년 유네스코 세계문화유산에 등재되었다.

**성 바실리 성당** St. Basil's Cathedral

러시아에는 수많은 박물관과 건축물 등이 '유네스코 세계문화유산'에 등록되어 있다.
'성 바실리 성당'은 러시아의 랜드마크라 부를 만하다. 단일면적 위에 9개의 독립된 예배당을 갖춘 성당은 중앙 첨탑 아래 가지런히 배열된 구조이다. 역시 유네스코 세계유산으로 등재된 곳이다.

구전에 의하면, 공포정치의 황제 '이반 4세'가 이처럼 아름다운 건물을 다시는 지을 수 없도록 건축가 '포스트닉 야코블레프'의 눈을 뽑아버렸다고 한다.
하지만 잘못된 속설일 가능성이 높다는 여론이 많다.
이유는 바실리 성당 건축 이후, 여러 채의 다른 건축물도 지어 올렸기 때문.
바실리 성당은 눈앞에 가까워질수록 거대해진다. 그만큼 붉은 광장이 넓기도 하거니와 성당 자체의 규모 또한 결코 작지 않기 때문이다. 다소 촌스러워 보이기까지 한 색감은 '꼬뿔 양식'의 건축물과 함께 묘한 아름다움을 선사한다.

### **'굼'이라 불리는 백화점** GUM

1893년 건축된 구소련 시절 고위 공산당원들의 쇼핑센터 역할을 했던 곳이다.
백화점 건물이 너무나 아름다워 3층으로 이루어진 백화점을 여유롭게

'국영상점'이라는 뜻을 가진 '굼'은 러시아 단어에서 머리글 3개를 따온 약칭이다. '굼'이라는 약칭에 '상점'의 뜻이 들어 있으니, 실은 '굼 백화점'이라는 단어는 잘못된 것이다.
3부에서 표기한 '굼 백화점'이라는 표현 역시 이곳에서 정정한다.

거니는 것만으로도 한가득 쇼핑을 마친 느낌이다.
굳이 쇼핑하지 않더라도 1층의 실내나 야외카페에서 차 한 잔에 백화점과 붉은 광장을 마음껏 음미할 수 있다. 실로 그것이면 충분하다.
유럽의 유명 백화점들이 그러하듯 이곳 '굼' 역시 박물관이나 전람회장에 와있는 듯한 느낌을 갖게 한다.
제정러시아 시절 건축되어 '국영백화점'으로 운영되다가, 사회주의가 해체된 후 1993년경부터 '일반백화점'으로 운영되고 있다.

### 발쇼이 극장 Bolshoi Theatre

세계 최고의 발레와 오페라 공연이 펼쳐지며, 발쇼이 발레단의 공연일정이 발표되면 수개월 전부터 거의 전석이 매진된다.
쉬운 일은 아니지만 운이 좋아 당일에 표를 구할 수 있는 방법도 아주 없지는 않다.
'발쇼이 극장'은 황제의 개인 극장으로 사용되던 것이 '예까쩨리나 2세'에 의해 1776년 일반 공연장으로 개관되었다.
극장 하나의 역사가 250년이 다 되어간다. 참으로 놀라운 일이 아닐 수 없다. 발쇼이 극장은 러시아 문화예술계를 통틀어 상징하는 바가 매우 크다.

○ 대공사 중이던 발쇼이 극장

발쇼이 극장에도 화재가 일어나 1856년에 복원되어 현재에 이르지만, 지난 2005년 시작되어 6년간 보수가 이어지는 등 보수와 복원에도 소홀하지 않는다.

2009년 세 번째 모스크바 방문 때였다. '가는 날이 장날이다'. 대대적인 보수와 복원 공사 기간이라 공연 자체가 없다.

그리고 2010년에 공사가 완료된다는 알림 현수막만이 나를 내려다본다.

언제 다시 모스크바에 올 수 있을까?

우리네 살아가는 삶이 쉽지가 않다.

발레 '지젤'과 '백조의 호수'를 발쇼이 극장에서 감상할 수 있기를 마음속에 그려본다.

참고로 2018년 7월의 방문에서도 발쇼이 공연은 볼 수 없었다.

## 모스크바 국립대학교 Moscow State University

1755년 '미하일 로마노소프'에 의해 설립되었으며, 가히 러시아 최고의 대학이다. 동시에 세계적인 종합대학 반열에 당당히 올라 있으며, 레닌그라드 국립대학교와 함께 수많은 노벨상 수상자들을 배출했다.

학교 본관 건물은 스탈린양식의 '세븐 시스터즈' 건물 중 하나로, 7개 빌딩 중에서 가장 높다.

학교가 위치한 곳이 '참새 언덕'으로 불리는데, 모스크바에서 가장 높은 지역이기도 하다. 이곳에서는 결혼식을 마친 신랑, 신부가 고급 리무진 차량을 이용해 어김없이 찾아와 지인들과 함께 사진 촬영을 하는 곳으로도 유명하다.

언덕에서 내려다보는 모스크바의 시가지가 가슴을 시원하게 만든다.

아래로 내려다보이는 큰 규모의 경기장은 1980년에 '모스크바 올림픽'이, 리모델링 후에는 '2018 러시아 월드컵' 개막식이 개최된 곳이다.

○ 결혼식 행사 차량

## 2018 FIFA 러시아 월드컵

구소련 시절, '모스크바 올림픽'이 1980년에 개최되었다. 당시 주 경기장과 스키점프대가 아직까지 언덕 아래 남아 있으며, 그 주 경기장을 리모델링해 '2018 러시아 월드컵' 개막 경기와 결승 경기가 펼쳐졌다.

○ '2018 러시아 월드컵'을 치르기 20년 전의 모습이다.

# 까잔
## KAZAN

○ 까잔의 번화가 '바우만 거리'

짧은 시간 여행 일정에 맞춰 중소도시 '까잔'까지 여행하기란 결코 쉽지 않은 일이다.
모스크바나 쌍트 빼쩨르부르그에 비해 상대적으로 덜 알려지기도 했거니와 세계 최대의 땅덩어리를 가진 러시아에서, 동으로 서로 자유롭게 여행하는 것이 절대 호락호락하지 않기 때문이다.
지난 2013년 7월에는 전 세계 '대학생들의 올림픽'이라 불리는 하계유니버시아드대회가 개최되었으며, '2018 FIFA 월드컵'에서 대한민국이 독일을 2:0으로 격파한 '까잔대첩'의 격전지가 바로 이곳 '까잔'이다.
현재 러시아연방의 '타타르스탄 자치공화국'인 '까잔'은 15세기 타타르인(人)이 건국한 '까잔한국(汗國)'의 수도였고, 1552년 러시아의 이반 4세(雷帝)가 점령하여 러시아인이 이주하기 시작했다.
거의 대부분 러시아 국민들의 종교가 '러시아정교'인데 반해, 이곳 까잔은 무슬림들이 많이 있다.
사실 러시아에서 이슬람교도를 보는 것은 쉽지 않은 일이다. 하지만 터키, 예멘, 파키스탄 등지에서 올라온 상인들과 학생들 사이에 무슬림들을 많이 볼 수 있는데, 이는 모스크바나 쌍트 빼쩨르부르그의 모습과는 매우 상반되는 느낌이다.
러시아의 국교는 '러시아정교회'지만, 까잔의 '끄레믈(크렘린-성채)' 내 '쿨샤리프'라 불리는 모스크가 세워져 있을 정도로 이슬람 문화의 영향이 큰 곳이다.
이슬람의 도시라 할 수도 없고, 끄레믈 내에 모스크가 있으니 러시아정교의 도시라 말할 수도 없이 매우 애매한 상황이지만, 어쨌든 까잔에서는 무슬림들을 꽤 볼 수 있다.
9세기 초반 러시아 최초의 국가 '끼예프 공국'이 수립되었다.
하지만 13세기 후반 '몽골족'의 침입으로 멸망하고 만다. 이후 모스크바를 중심으로 '모스크바 공국'이 세워지고, 차츰 세력을 확장해 러시아 제국으로 성장, 1917년 '러시아 혁명'으로 '소비에트 사회주의 연방 공화국'이 탄생했다.
전 세계 육지 7분의 1에 해당하는 어마어마한 땅덩어리를 가지고서 말이다.
거대한 국가를 유지하는 것은 쉬운 일이 아니었다. 긴 시간에 걸쳐 다양한 민족이 통합되면서 종교적인 부분 또한 매우 복잡하게 얽히게 된다.
이러한 수많은 침략과 통합, 독립의 역사 속에 까잔도 이슬람의 성격을 가지게 된 것이다.
더 세분화된 러시아 역사를 말하기에는 내 지식의 짧음은 물론이거니와 지식이 있어 이 책 마지막 페이지까지 서술한다 하더라도 끝을 맺지 못할 것이다.

까잔여행은 일반적으로 사나흘이면 충분하다. 하지만 까잔에서도 살아보며 공부했던 한 사람으로 까잔을 말하자면, 도시를 충분히 즐기고 느끼기에 반년도 부족할지 모른다는 것이다. 물론 모스크바와 쌍트 빼째르부르그에 비하자면 초라할 수밖에 없다. 그러나 그곳 못지않은 또 다른 러시아의 매력이 이곳 까잔에도 수없이 많다는 것도 사실이다.

**까잔 크렘린** Kremlin

11세기 투르크계 유목민족 '불가르 인'에 의해 건설되었고, 15세기 '까잔한국汗國'의 수도로 기반을 수립한 까잔.

끄레믈 성 내부에는 왕궁을 비롯하여 귀족들의 저택과 교회, 모스크 등이 지어져 있다.

1552년 모스크바 공국 '이반 4세'에 의해 침략을 당하면서 파괴되었던 것들이, 까잔의 번영과 함께 재건되었고 현재에 이르기까지 끊임없이 개축된 것이다. 기독교와 이슬람교가 공존하면서 여러 국가의 문화들이 융합되어 이루어진 건축물로 인정받아 성곽 전체를 포함, 일대 13만 제곱미터에 이르는 지역이 유네스코 세계문화유산으로 인증되어 2000년에 등록되었다.

# 소치
## SOCHI

우리에게는 2014년 동계올림픽을 통해 알려지기 시작했지만, 유럽인들에게 흑해연안의 '소치'는 우크라이나 크림반도의 '얄타'와 함께 여름 휴가 로망 순위 상위권을 다투는 곳이다. 아니나 다를까 '소치 기차역'에 도착하니, 역에서부터 마치 휴양지 느낌이 물씬 피어난다. 러시아 본토와는 사뭇 다른, 거리의 야자수들과 겨울의 따뜻한 햇살은 이곳이 러시아인가 싶을 정도로 포근하기만 하다. 케이블카를 타고 '덴드라리 식물원'에 올라 산림욕을 즐기고, '가그라' 페리를 이용해 흑해연안을 돌아보는 것도, 호텔에서 흑해를 바라보며 무작정 쉬는 것도 소치에서는 모든 것이 마냥 행복해진다.

○ '소치'의 흑해 바다와 소치 기차역

타 내륙의 도시들과는 너무도 대조되는 화창하고 따뜻한 겨울 바다 '소치'. 흑해 바다 해수욕장의 풍경들은 여느 휴양지와 다름없는 밝고 활기찬 곳으로, 여행자의 발길이 끊이지 않는 곳이다.
완전 "러시아의 겨울에 이런 곳이 있을 줄이야!"다.
대개의 휴양도시가 그러하듯 높은 물가가 잠시 손과 발길을 멈칫거리게 하지만, 흑해 소치를 마음에 담을 수 있다는 것에 나름대로 위안을 삼아 본다.
'까잔'을 시작으로 '모스크바'에서 우크라이나를 종단하고 크림반도의 '얄타'까지, 또 얄타에서 이곳 '소치'까지 너무나 값지고 소중한 내 삶의 한 페이지가 완성되었다.
지금껏 보고, 느끼고, 담아온 것들이 얼마만큼 세상을 향해 관용하고 포용할 수 있을까?
마음에 모두 담겼다 착각한 채, 용해되지 않고 머리에만 가득 차 요란한 빈 수레가 되지 말아야 할 텐데 말이다.
이제 다시 기차를 타고 모스크바로 향해 까잔의 일상으로 돌아가야 한다. 남아 있는 60시간 열차 여행이 결코 노동이 되지 않기를 바라는 마음으로 흑해를 등지고 열차에 오른다.
떠나는 열차 창밖으로 펼쳐진 흑해의 해안선이 너무나 너무나 아름답다.
그리고 벌써부터 그립고 그리워진다.
굿바이 소치, 다스비다냐 흑해.

PART **02**

# … 그리고, 시베리아 횡단에 빠지다 …
# & SIBERIAN RAILWAY

공부를 마치고 러시아를 떠나온 지도 벌써 10여 년이 훌쩍 지나 버렸다.
그리고 너무도 그리웠다.
더군다나 '2018 러시아 월드컵'이 개최되는 동안 TV를 통해 잠깐씩 엿볼 수 있었던 각 도시의 풍경들은, 가슴 깊숙한 곳에 묻어두었던 소중한 추억들을 몽땅 끄집어내고 말았다.
비록 월드컵 결승전이 하루를 사이에 두고 물 건너갔지만, '지금' 떠나지 못한다면 언제까지고 후회할 것만 같아 앞뒤 생각할 겨를도 없이 항공권을 예약하고 무작정 떠나기로 마음먹었다.
그러나 설레었던 마음에 약간의 두려움이 들러붙어 버렸다.
왜일까? 불현듯 두려운 마음이 드는 이유가!
이제 정말 나이를 먹었다는 뜻일까?
그나마 국적기 대한항공을 이용해 모스크바로 입성하는 것이라 마음의 부담이 덜했다.
그렇다. 아직도 러시아여행은 자유여행을 계획하는 이들에게 힘들고 생소할 수밖에 없다.

또, 수도 '모스크바'와 제2의 도시 '쌍트 빼쩨르부르그'를 제외하면, 사소한 영어도 통하지 않는 곳이 많아 여행에 어려움을 겪을 수 있다.
양국 간 '비자면제'로 인해 급격하고 무분별하게 생겨난 상품들에 현혹되지 말고, 여행을 위한 준비를 더욱 철저히 해야 하는 곳이다.

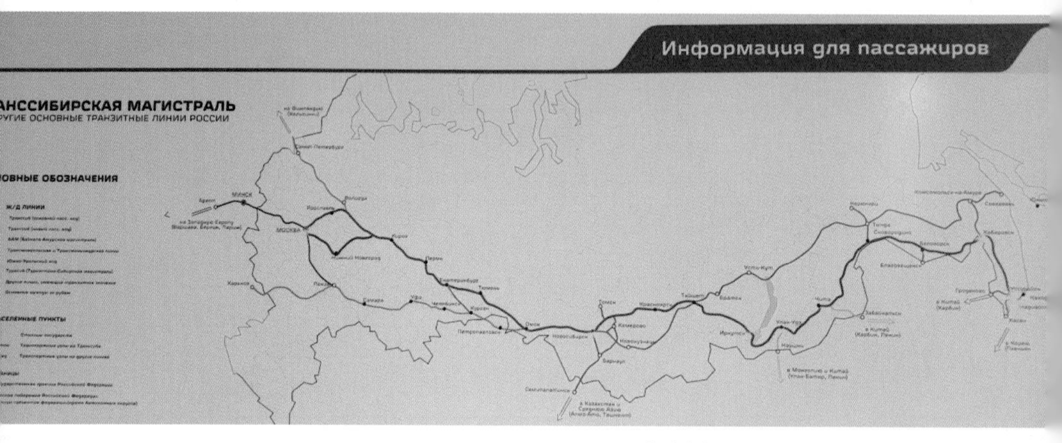


○ 9,288km의 시베리아 횡단철도는 레드라인이다.

## 한러 무비자협정 체결

Visa waiver

ВИЗА VISA
РОССИЙСКАЯ ФЕДЕРАЦИЯ
RUSSIAN FEDERATION
20 1288527
ОДНОКРАТНАЯ "1" ОУ
РОССИЯ
RUSSIA
27.10.09 03.11.09/17.01.10 76
Р-КА КОРЕЯ ПСН36071
СОНГ ДЖУН-ЕНГ
SONG JUN-YOUNG
M29923967 МУЖ 2R4635713
УЧЕБА, 005
ТГГПУ, Г. КАЗАНЬ
Отдел ОВиП УФМС
по РТ
ПОГАШЕНО
Подпись
VSONG<<DJUN<ENG<<<<<<<<<<<<<<<<<<<<<<<<<<<<<<<<<5
M29923967<<<9KOR0707756M2R46357130PSN36071<3

벌써 오래전 일이 되어 버린 지난 2014년, 박근혜 전 대통령께서 어마어마한 사건 하나를 치르셨다.

그분의 여타 잘잘못은 모르겠고… 러시아 정상회담 후, 엄청나게 까다로운 러시아 비자를 혈혈단신 출국하여 없애버리고 오셨다.

이른바 '한러 무비자협정'.

정말이지 말도 안 되는 일이 일어난 것이다.

여행을 가든 유학을 하든 러시아 비자 발급은, 그야말로 엄청나게 까다롭고 힘든 일이었다.

말로 표현이 되지 않을 정도로 말이다.
유학비자발급은 입학허가서는 당연하거니와 초청장과 많은 서류들이 첨부되어야 했고, 저렴하지 않은 비용과 또, 발급일을 전혀 예측할 수 없는 오랜 기다림. 그러한 까닭으로 러시아를 포함한 CIS 국가 여행이 전무하기도 했었다.
여행으로는 비자를 받을 수 있었는지조차 모르겠다.
하지만, 비자면제협정이 체결된 이후로 러시아를 포함한 CIS 국가 해외여행상품이 봇물 터졌다.
특히 극동지역 '블라디보스톡'은, 주민 빼고 모두가 한국인일 정도로 많은 이들이 찾는다.

마지막 공부를 하고 떠나와 약 5년이 지난 후 호주 시드니에서 뉴스를 통해 '한러 비자면제협정 체결' 소식을 전해 들었을 때, 온몸에 소름이 돋으며 "아! 조만간 한번 다녀와야겠군!" 했는데…
별 이렇다 할 것도 없이 다시 5년이 훌쩍 지나 버렸다.
아무튼 러시아 입국과 관련된 비자 업무에 대해 손 하나 까딱하지 않은 채로, 또 조금은 의아한 마음과 또, '노비자'와 관련해 막연하게 다가오는 불안한 마음 한가득 안고 항공기에 몸을 실었다.
"정말 비자가 필요 없겠지? 만약 ETA라도 발급받아야 하는 것이면 어쩌지?"
면제도 면제지만, 그에 대한 정보를 하나도 알아보지 못한 내게도 분명 문제가 있는 것을 깨달았을 땐, 이미 25,000피트 시베리아 상공이었다.
랜딩 후에도 입국장으로 향하는 발걸음이 편하지만은 않았다.

마음의 준비라도 할 수 있게 '보더 책'에 줄이라도 길게 늘어져 있으면 좋으련만, 꼭 이런 날은 입국장이 너무도 한산하다.
배낭 하나 둘러메고 입국심사관 앞에 섰다.
와우~ 진심으로 아름다운 미녀 심사관이 눈앞에 있다.

"안녕? 오~ 당신 정말 아름답네요!"
꽤나 차가운 인상의 심사관에게 한마디 툭 던지고, 멋쩍은 웃음을 지었다. 불안한 마음 한가득 무슨 말로 심사관에게 먼저 선방을 걸까 내심 고민하던 차에, 정말 아름다운 심사관과 맞닥트린 것이었다.
조금 나른했던 오후였던지, 한산한 입국장에 갑자기 등장한 동양인이 러시아어로 인사를 건네니 화들짝 놀라며 너무도 화사한 미소를 짓는다.

"고마워. 그런데 어떻게 러시아어를~"
"엉. 지난날 공부 좀 하긴 했지만, 너무 오래되어 다 까먹었어."
"아냐, 너 러시아어 발음 정말 좋아!"

계속된 대화 내용은, 심사관으로부터 들은 칭찬 일색이라 이만 줄이겠다. 그렇게나 까다로웠던 러시아의 입국심사가, 아름다운 미녀와 잠깐의 대화를 나눈 후 여권에 시뻘건 입국도장 쾅!!!.
무슨 말도 안 되는 아주 간단한 입국완료다.
입국장으로 나와 잠시 동안 멍한 기분이었다. 아니 대체 이 무슨 일인가 말이다.
이렇게 간단한 일들을, 그리도 어렵게 왕래했으니….

입국심사는 고사하고라도 비자에 관련한 일들에 대해, 누군가는 무얼 그리 일장 연설을 하나 하겠지만, 비자가 필요했던 2014년 이전에 러시아를 다녀온 이들이라면, 내가 왜 이렇게까지 법석을 떠는지 조금은 이해할 수 있을 것이다.

도장 한번에 60일 체류가 가능하다. 미국과 호주 등지에서 필요한 'ETA 전자비자' 따위도 대한민국 국민에게는 필요가 없게 되었다.

김정일 국방위원장이 살아생전 중국을 방문한 후, "천지가 개벽했다."고 했던가!

내겐 '한러 비자면제협정'이 곧 '천지가 개벽한 사건'이다.

독자들에게는 어떤 말로 들릴지 모르겠다.

하지만, '구소련'의 향내가 온 나라에 가득했던 시절 유학했거나, 또 비자가 필요했던 시기에 러시아를 경험했던 이들은 200%, 아니 1,000% 공감할 것이다. 아울러 비자면제협정 하나만 놓고 본다면, 박근혜 전 대통령께 '만세'를 외쳐야 할 만큼의 상황이 되어버린 것.

그렇게 양국 간 비자가 면제된 후 한번은 홀로, 또 한 번은 부모님을 모시고 러시아를 아주 손쉽게 다녀올 수 있었다.

# 모스크바 어게인

## MOSCOW again

○ 모스크바 쎄르메쩨보 국제공항의 현대자동차 광고판

10년 전 등 돌리고 떠나와 다시 맞이하는, 다섯 번째 러시아 방문이다. 모스크바의 '쎄르메쩨보 국제공항'에 도착 후 바깥으로 나오니 아직도 월드컵의 열기가 곳곳에 남아 있다.

공항청사 한켠에는 대한민국 현대자동차 협찬의 광고판과 벽에 붙은 차량, 월드컵을 축하하는 대형 조형물이 다시 한번 마음을 뭉클하게 하는 자랑스러운 순간이기도 하다.

사실은 월드컵 결승전(크로아티아VS프랑스)이 끝난 바로 다음 날 모스크바에 도착했으니 그럴 만도 하다. 어찌 보면 러시아 축구 대표팀이 더 이상의 결과물을 내지 못한 것이 그만큼의 열기였는지도 모르겠다.

'노비자 입국'의 다소 어리병벙한 기운으로 옛날 생각에 빠져 있다가 미뜨로(노어로 지하철을 뜻하며 '메트로'와 동일)에 정차한다는 버스의 안내 표지판을 보고선 곧바로 버스에 올랐다. 요금을 지불하는데 아니 웬걸, 뜨거운 여름에 뜨거운 히터라니… 에어컨을 가동해도 모자랄 판에 온갖 짐들을 들쳐 맨 몸뚱아리가 버스 바닥에 내동댕이쳐질 기세다.

한참을… 정말 한참을 달렸다. 느릿느릿하게…

한국에서나 러시아에서나 한 번씩 이해가 가지 않을 정도로 천천히 운행하는 버스기사들이 있는데, 그런 기사에게 걸렸나 보다.

약 1시간가량을 너무도 힘들게 '미뜨로'에 도착 후 잠시 숨을 고르고 '3일 정기권'을 구입했다.

아뿔싸! 대기하던 중 매표소 유리창에 붙은 전철 노선도를 보는데, 모스크바 공항에 도심까지 운행되는 공항철도가 생겨난 것이다.

그렇다. 21세기, 월드컵까지 개최한 나라의 공항에 공항철도가 없다는 것은 정말로 어불성설이다.

나의 무지다 무지. 마치 모든 것을 알고 있는 것처럼 잘난척하다 코가 깨진 것.

'의기양양한 게으름'의 결과는 불편함이다.

조금은 비용이 더 들겠지만 시드니를 출발해 인천을 경유하고, 모스크바 도착까지의 여정에서 조금은 지친 몸을 쉽고 빠른 방법으로 이동할 수 있던 것을 너무도 힘들게 돌아왔다. 지나친 정보검색도 좋지 않지만, 적정선의 검색은 반드시 필요하다는 것을 깨닫는 순간이다.

뭐, 저렴하게 잘 도착했다고 생각하는 것이 건강에 이로울 테니 속히 잊

어버릴 수밖에 도리가 없다.
신용카드결제를 비롯한 많은 상황들이 과거보다 훨씬 편리해졌지만, 역시 많은 것들에서 아직 불편함이 있는 곳이 바로 러시아다.
모스크바의 지하철은 개찰구를 통과하는 즉시 승차권이 필요 없다.
몇 번을 환승하든, 몇 시간 동안 지하철을 타든 도착역 출구에서 몸만 빠져나오면 된다. 만약 정기권을 구입했다라면 1회용 승차권을 버리는 모스크바 시민들 따라 휴지통에 버렸다간…
까이꺼 뭐 또 사면 된다.

끝이 보이지 않는 긴 에스컬레이터를 타고 지하로 내려가는 동안 엄습한, 습하고 비릿한 모스크바 지하철 특유의 냄새가 너무도 정겹다.
모스크바는 지하철 하나만큼은 단연 으뜸이다. 객차 자체는 낡아 빠져 옆 사람과 대화가 되지 않을 정도의 소음덩어리이지만, 빠른 속도와 짧은 대기시간은 이동하는데 그리도 편할 수가 없다.
또 모스크바의 미뜨로 플랫폼은, 이미 전 세계 수많은 이들이 '지하 미술관'이라 칭찬할 정도의 아름다운 모습을 간직하고 있어 많은 여행자들이 일부러 찾아다닐 정도로 명소가 되었다.

아주 오랜만에 모스크바의 미뜨로에 몸을 기대니, 20년 전이나 지금이나 50년은 된 듯해 보이는 열차가 꽤나 정겹기만 하다. 만약 신형 열차로 바뀌어 있었다면 다

○ 모스크바의 지하철 '미뜨로'

시 '불안모드'로 재설정 되었을지 모를 일이지만.

○ 숙소와 방에서 내려다본 풍경

그러나 대화가 이루어지지 않을 정도의 심각한 선로 소음은, 사실 정겹지만은 않다. 확실히 나이가 들었다.
인생을 100으로 봤을 때, 거의 절반을 향해 치닫고 있으니 그럴 만도 하다.
호텔에 도착했다.
"………."

뭐 할 말을 잃었다. 보는 순간 그냥 '소비에트', '소련', '공산당', '사회주의' 등 모든 사회주의와 관련된 단어가 파노라마처럼 떠올려진다.

어쩜 저토록 '소련스럽게' 건축했을까?
꽤 오래전에 지어진 듯한 호텔은 느낌대로 많이 낡아 있었지만, 전망 하나는 최고였다. 그리고 후에 알게 된 사실 하나는, 러시아 배경을 소재로 한 영화에 한 번씩 등장하는 나름대로의 명소로 알려져 있다는 것.

호텔의 규모답게 로비의 면적도 상당했지만, 눈앞에 펼쳐져 있는 수많은 대륙인들의 인파가 온몸에 소름을 돋게 만든다. 단체 중국인 관광객들로 인해 체크인에 소요된 시간만 2시간,

가까스로 체크인을 마치고 고층에 방을 배정받은 후 여장을 풀었다.

높은 곳 침대에 누워 천지 아래를 내려다보니, 비록 물과 좋은 공기는 없지만 무릉도원은 세상에 더 없는 것이렷다.

샤워까지 마치고 나니, 시드니에서 달려온 여독이 한꺼번에 씻겨 나간 것처럼 산뜻해졌다.

상큼한 기분으로 이미 예매해둔 시베리아 횡단열차의 티켓을 교환하기 위해 '야로슬랍스끼 바그잘'로 이동해 전자티켓을 정식승차권으로 바꾼다.

각종 블로그나 전문 가이드북에서 전자티켓으로 탑승이 된다고 하지만, 나는 떠돌아다니는 정보의 모든 것을 믿지 않는다.

특히 이곳 러시아를…

그리고 때로는 '여행과 관련해 잘못된 정보 올리는 이들'을….

기차역의 시스템은 20여 년 전보다는 훨씬, 10년 전보다는 조금 더 많은 것들이 편하게 되어 있었다. 역에 도착 후 직원의 도움을 받아 10여 분만에 시베리아 횡단열차 승차권을 발급받았다.

열차로 고작 10시간밖에 소요되지 않는 '모스크바 - 까잔'을 다녀오는 승차권 발권하는 데 걸리는 시간이, 과거에는 3~40분에 육박했었으니 이처럼 빠른 일처리는 '비자면제협정'과 함께 정말 큰 변화라고 할 수 있는 것이다.

늦은 밤, KFC에서 치킨 몇 조각과 햄버거 하나를 사서 호텔로 돌아와 허기진 배고픔을 달랬다.
이런저런 생각 정리를 끝내고 일찍 잠을 청하려 했지만, 나의 의지대로 되지 않는 아주 기분 좋은 밤이다.

## 쁘리비엣 모스크바 Pperibiet Moskba

○ 구 KGB 본부

호텔에서 조식을 해결하고, 시티투어에 나선다.
초장거리 일정을 코앞에 두고, 많은 변화가 있지 않은 모스크바를 또 낱낱이 파헤치고 싶은 마음은 없었다. 물론 시간이 많지 않은 초행 단기 여행자라면 새벽부터 저녁까지 누비고 다녀야 하겠지만 시베리아 횡단을 앞두고, 더군다나 한두 차례 방문이 아니기에 붉은 광장을 중심으로 사무치게 그리웠던 몇 곳만을 가슴에 담기로 이미 다짐했다.

혹시 모를 발레 공연일정을 확인하기 위해 지하철을 타고 '구 KGB' 건물이 있는 '류반크 광장'에 내려 '발쇼이 극장'으로 향했다. 이번 여정에서도 역시나 오늘 내일 공연이 없다.

모스크바가 처음이라면, 바로 포기하고 붉은광장으로 내달렸을 터인데 인근의 발레 극장을 더 탐색했다. 탐색이라 할 것도 없이 왼편에 마주한 극장이 눈에 들어온다.

극장 외벽 게시판에서 공연일정을 확인하는데 심장이 쿵쾅거린다. 바로 오늘 7시 발레공연이 내가 그토록 보고팠던 '지젤'이다.

예매를 위해 '까사'로 가서 확인하니 빙고, 오늘 저녁 7시 공연에 자리가 남았다. 오늘 저녁 공연에 아직도 자리가 남아 있다는 사실이 믿기지 않지만 나완 상관없다.

오늘 '지젤'을 볼 수만 있으면 된다.

예매 후 극장문을 열고 나오는 내 기분이 하늘을 날 것만 같다.

모스크바에서 짧은 기간 체류 중 원하는 발레를 볼 수 있다는 것은 '럭키' 그 자체다.

입장권이 잘못 출력된 것은 아닐까 몇 번을 확인했는지 모른다.

기쁜 마음으로 표를 받아들고선 곧장 '붉은광장'으로 내달렸다.

어린 시절처럼 무한하게 가슴이 벅차오르지 않지만, 옛 추억들이 고스란히 피어올라 너무나 행복한 '지금'이다.

그러나 뜨거운 여름의 태양이, 지친 다리를 더욱 힘겹게 한다. 커피 한 잔 마시며 태양을 피하러 들어간 '굼'에서 가방 하나와 신발 하나를 장만했다.

호주에서부터 마음에 두었던 신발을, 모스크바에서 세일 가격으로 장만하고 나니 신이 좀 났나 보다. 그 마음은 곧바로 호텔로 들어가 쉬려 했던 생각을 '아르바뜨 거리'까지 한달음에 가도록 만들었다.

유학생 시절에는 엄두도 내지 못했던 아르바뜨 거리의 고급 레스토랑에서 점심을 해결했다.

인근 별다방에서 카푸치노 한 잔과 기념품으로 '에스프레소 머그컵'도 구입해본다.

한때 별다방 '국가별 텀블러' 수집을 하다 말았었는데, 러시아 모스크바를 기점으로 다시 수집할 것을 다짐했다.

종목은 바꾸어서 '에스프레소 미니 머그컵'으로.

다시 호텔로 돌아와 욕조에 몸을 담근 후 휴식을 취하다가, 공연을 위해 외출하려 계획했던 시간보다 조금 오버되었다.

공연시간까지 늦진 않았지만 외출 준비할 시간이 되어 버린 것. 후다닥 서둘러 지하철을 타고 이제 한 정거장만 가면 내리는데, 어두운 터널 안에서 지하철이 갑자기 급정거하며 안내방송이 나온다.

전류계 고장으로 운행이 불가한 것.

말문이 막혔다. 이제 곧 발레가 시작인데 말이다. 그나마 다행인 것이 열차의 전면부 일부가 플랫폼에 걸쳐져 있었나 보다. 앞칸 승객들이 걸어 걸어 앞으로 행진한다. 우리 칸 열차에 있던 사람들도 일어나 이동하려는데 경찰들이 막아섰다.

20분 이상을 기다린 승객들과 내리는 승객들로 뒤범벅이 되어 위험하니 자리에 앉아 대기하랜다.

줄을 서도 어찌 이리 잘못 섰을까!

시계를 보니 발레는 이미 시작되었다. 무조건 지각이다. 많이 늦지만 않으면 좋겠는데 말이다.

10여 분을 기다리니, 열차가 움직인다.

"그래 안전하게 내릴 수 있게만 해줘!"

아~ 그런데 내가 착각했다. 이번 역이 아니라 다음 역이다. 된장.

역에 내린 뒤, 빠른 걸음으로 서두르니 열차에서 하차한 모두가 한 방향이다. 그랬다. 많은 이들이 모두 지각한 것.

연락이 닿았는지 다행히 공연은 조금 늦게 시작되었고, 거의 시작부터 볼 수 있었다.

○ 발쇼이 극장의 야경과 발레 '지젤'

2막으로 이루어진 '지젤'은, 프랑스의 시인이자 비평가였던 '고티에'의 작품. 1841년 초연이래, '낭만발레'의 최고봉이라는 표현도 부족할 듯하다. 지젤이 더욱 돋보이는 것은, 작품의 효과를 극대로 높여주는 독특한 '아돌프 아당'의 음악이 큰 몫을 차지한다.

1막에서는 지젤의 기쁨과 슬픔을 표현하는 것, 2막에서는 길고 새하얀 '로맨틱 튀튀'를 입은 발레리나들의 아름다운 군무가 소름을 돋게 만든다. 특히 2막의 군무는, 내가 지젤을 감상하기 위해 객석에 앉는 가장 큰 이유이기도 하다.

약 2시간의 공연을 마치고 나오니 기분만은 세상에서 가장 값진 부자가 되었다.
발쇼이 극장의 야경을 렌즈에 담아내고서, 바로 어제 '2018 러시아 월드컵' 결승전이 펼쳐졌던 '루즈니끼 스따지온'으로 향했다.
비록 월드컵 메인 경기들을 호주에서 시청했지만, 폐막했다 할지라도 모스크바에까지 와서 메인 경기장 풍경을 놓치고 싶진 않은 이유였다.
모스크바로 향하는 날 자정 시간 루즈니끼에서 결승전을 하지 않았던가!
시청 후 늦은 잠이 들어 버려 항공기를 타지 못 할 뻔했던 그 사건.
철문이 가로막힌 100여m 앞에서 바라보는 경기장은 TV에서 보던 것처럼 매우 멋졌고, 돔의 지붕은 화려한 알록달록 네온 등불로 프랑스의 우승을 축하하고 있었다.
어스름한 늦은 밤시간 경기장의 지하철 운행이 이미 종료되어 버렸다.
인근 지하철과 경기장 거리가 꽤 멀고 이동 동선의 풍경이 음산해 기분이 좋지 않다. 혹시 걸어올지 모를 동네 한량들의 시비를 막고자 전화기를 귀에 댄 채 러시아어로 통화를 하는 척 매우 빠른 걸음으로 이동했다.
아니나 다를까, 이동 중 거칠게 보이는 아이들이, 매우 거친 눈빛으로 나를 한가득 노려본다.
이렇듯 러시아 여행은 아직도 자유롭지 못한 부분이 상당히 많아 조심하는 수밖에 방법이 없다.

그런 가운데 늦은 밤시간임에도 불구하고 쉽게 호텔로 발길을 돌리지 못했다. 그것은 지금까지 모스크바 방문 중 단 한 번도 붉은광장의 야경을 보지 못했기 때문이었는지 모르겠다.
예상대로 형형색색의 조명들이 광장의 곳곳들을 비추는 모습은 정말로 아름답다.

지금도 마찬가지겠지만 과거에는 더욱 러시아의 밤길에 절대로 유유자적할 수 없었다. 스킨헤더나 훌리건들은 둘째, 경찰이 오히려 더 힘든 존재였다. 훗날 부모님과 러시아여행을 함께하며, 아버지께 유학 시절 에피소드 하나를 들려드렸더니 돌아온 대답이다.

"고놈들 와 그랬는고~"

앞서 밝혔듯이 20여 년 전 유학 시절, 나는 일본 학생들과 매우 친분이 좋았다. 어느 한날 빼째르에서 모스크바를 다녀오기 위해 열차예매를 해야 하는데, 일본인 동생 '아지라엘'이 함께 가겠다는 것이다.
그렇게 어두컴컴한 저녁, 둘이서 길을 나섰다. 잠깐 상점에 다녀온다던 애가 돌아오지 않는 것.
이리저리 기웃거리는 상황에 경찰 두 명이 나를 부른다.
"여기서 뭐 해?"
"엉, 나 다음 주 모스크바 가는데 열차티켓 사러 왔어!"
"늦었는데, 집에 안 가고 왜 얼쩡대?"
"일본인 유학생이랑 같이 왔는데, 걔가 아직 안 와서."

"티켓은 어딨어?"
"응 여기."
"여권은?"
"응 가지고 있어."
"보여줘 봐!"

이런 젠장, 여권을 지네들 주머니에 쏙 넣더니 그냥 가버리는 것이 아닌가. 따라가면서 계속 여권을 돌려달라고 했더니, 대꾸도 없다. 그러더니 경찰서 안으로 들어가버리는 것이 아닌가.
따라 들어갔더니, 웬일이니?
그곳에 아지라엘이 죄인처럼 앉아 있는 것이었다.
우린 두려움 보다, 늦은 밤시간 다시 조우할 수 있는 것에 위안을 삼았다. 얘기를 들어보니, 아지라엘이 기숙사를 나설 때 여권을 챙기지 않아 불심검문에서 본인을 설명할 수 없었고, 그리하여 곧장 경찰서로 가게 된 것.
약 한 시간 동안 경찰들의 말도 되지 않는 헛소리에 너무도 짜증이 나 US$100을 던지듯 건넸다.
그랬더니, 여권을 돌려주면서 가도 좋다는 시늉을 한다. 어이가 없다 진짜.
"그럼 얘는? 우리 함께 기숙사 들어가야 해! 더 늦으면 우리 기숙사 들어가지도 못해."
"얘는 신분확인이 더 필요해!"
너무 화가 났지만, US$100을 더 줬다. 그랬더니 거짓말처럼 보내준다.
터벅터벅 걸으며, 아지라엘이 시무룩하게 있는 내게 말을 던진다.

"기숙사 가서 돈 줄게!"
"아냐! 됐어. 그것 때문에 기분 나쁜 게 아냐."

아지라엘이 미안해하며 한마디 건넨다.
"근데 돈 주면 된다는 것 어떻게 알게 된 거야?"
"예전에 지나가는 얘기로 들은 것이 기억이 났어!"
(독자분들 다소 이해가 가지 않겠지만, 2000년대 초반까지도 러시아는 그런 곳이었답니다.)

모스크바에서의 마지막 날 아침 해가 밝았다. 조식 뷔페에서 좀 든든하게 먹자고 욕심내었던 마음이, 이내 배부름으로 바뀌었나 보다. 생각했던 양대로 배를 채우지 못한 채 객실로 돌아와 씻고 여장을 꾸렸다.

밖에는 비가 부슬부슬 내린다. 사실 모스크바에 체류하는 3일 내내 날씨가 화창하지만은 않았다.
자정이나 되어야 열차가 출발하는데, 늘어나 버린 많은 짐보따리들이 쉽게 발걸음을 떼지 못하게 한다. 체크아웃을 하고, 로비에 있는 러시아 토종 카페 '쇼콜라드니짜'에 앉았다.
약 7시간을 앉아 있으면서 커피 3잔과 식사를 아주 적절하게 시간을 배분하여 눈치를 줄였다. 아무도 눈치 주는 이 없었긴 하지만 말이다.
약 7시간 동안 수십 명의 손님들이 다녀갔다. 카페에 이리 오랜 시간을 아무렇지 않게 앉아 있는 것도 평생에 처음인 듯하다. 낮 12시에 들어와 벌써 저녁 7시가 되었다. 현재는 카페 직원 5명이 나만 쳐다보는 중이다.
"저 자식 뭐하는 놈일까?" 이러면서….

앉아 있는 의자를 제외하고 나머지 3개의 의자에 모든 짐을 올려놓았다. 테이블엔 마시다 남은 커피와 노트북, 핸드폰과 한글로 된 도서가 있다.

직원들은 잠시 지나다닐 때마다 힐끗거린다. 그러고 다시 '바Bar'로 돌아가, 나를 소재로 대화를 나누는 눈치다.

이젠 내가 신경을 쓰지 말아야 할 때다.

호텔 도착 첫날 보았던 중국인 관광객들의 기이한 모습은, 오늘 이 시간까지도 계속되고 있다. 정말 대단하다는 말밖에 달리 할 말이 없다.

○ 토종 카페 '쇼콜라드니짜'와 호텔의 로비

눈앞에 보이는 천여 명이 호텔 로비 곳곳에 숨어 있다. 시끄럽기로는 그 어느 시장도 이들을 절대 따라갈 수 없을 듯하다.

이따금 본인들의 가이드를 놓친 중국인들이, 테이블 위에 버젓이 한글로 된 책이 놓여있음에도 불구하고, 내게 중국말로 자기네 가이드 행방을 물어온다. 모두들 진심으로 상태가 좋지 않다.

하루 종일 비가 내려 마지막 날을 온전히 호텔 로비 카페에서 보내고, 비가 그치길 기다린 후 열차 탑승 시간에 맞춰 시베리아 횡단열차의 종착지이자 출발지인 '야로슬랍스끼 바그잘'로 이동했다.
아주 오랜만에 느끼는 어두침침한 기차역의 음산함이 왜 이리 정겨운지 모르겠다.
"나 이제 시베리아 횡단 시작하는 거니?"

# 시베리아 횡단열차
# SIBERIAN RAILWAY

작별 인사를 나누는 가족들, 출발 전 흡연으로 긴 여정을 기대하며 담배 연기로 플랫폼을 가득 채우는 러시아의 기차역 풍경들은, 예나 지금이나 변한 것이 하나도 없다.

예상했던 대로 객차 내에서는 개인 침구와 짐 정리를 하느라 야단법석이다. 눈에 보이지 않는 어마무시한 먼지들이, 내 마음을 너무나 괴롭힌다.

○ 많은 열차들이 신형으로 교체되었다.

'뿌~~~'

출발이다. 바이칼의 도시 '이르쿠츠크'로, 그리고 다시 '블라디보스톡'까지…

지구 둘레가 약 40,120Km.

시베리아 횡단철도의 철로 길이가 9,288Km이니, 열차로 지구 둘레의 약 4분의 1에 해당하는 길을 내리 달리게 되는 것이다.

자정에 가까워 탑승한 열차에서 준비된 침구세트를 정리하고 준비해왔던 '도시락 라면'에 '사모바르'의 뜨거운 물을 받았다.

분명 한국의 '팔도'에서 판매했던 라면인데, 이제 한국에서는 보기 힘들다. 신기한 건 20여 년 전이나 지금이나 러시아에서 컵라면 판매량 거의 TOP3에 드는 종목이다. 포장지에 온통 러시아어밖에 없는 걸 보면, 러시아 현지공장에서 생산하는 느낌이다. 한국에선 구하기도 쉽지 않겠지만 러시아를 떠나면 별맛 없는 이 라면이, 러시아 열차에선 어찌 이리도 맛이 있는지

○ 열차 탑승 전 식량을 미리 구입하는 것이 여행에 도움이 된다.

모르겠다.

모스크바를 밤 11시 45분에 출발한 열차는 20시간만인 다음날 오후 8시 '빼름'에 도착했다.

우랄지역으로 넘어오면서 시차는 모스크바와 두 시간 멀어지고, 한국과는 2시간이 가까워진다.

호주 시드니를 출발하여 한국 안양 범계에 체류한 뒤, 다시 모스크바로 입성했던 바쁜 일정에 몸이 많이 지쳤었나 보다. 모스크바의 호텔에서 매일 매일 욕조에 뜨거운 물을 받아 홀로 사우나를 즐긴 것도 큰 도움이 되지 못했는지 번잡한 열차에서 이른 새벽 시간까지 짧은 시간 동안 꽤나 숙면을 취했다.

열차는 계속 달려 다시 34시간(모스크바 출발기준)만에 '이심'이라는 지역에

도착했다. 반대 레일 한켠에 열차가 가로막혀 하늘 외에는 아무것도 볼 수가 없었지만, 이내 출발해 사라진 열차벽 너머로 보이지 않았던 역사의 풍경이 꽤나 운치 있다.

나의 이번 여정은 모스크바를 출발하여 이르쿠츠크에 도착, 바이칼 호수를 눈에 담고 다시 이르쿠츠크를 출발해 블라디보스톡 종착지로 향하는 일정이다.

'지금'도 이미 늦었지만, 더욱 늦기 전에 바이칼 호수 탐방을 포함한 제대로 된 '시베리아 횡단 여행'을 반드시 이루고 싶었던 마음을 계획으로 옮기는 중이다.

다시 어둠이 내려앉고 이른 새벽 01:20(모스크바 21:20) '새로운 시베리아(New Siberia)'라는 뜻을 가진 시베리아지역의 초입 도시 '노보시비르스크'에 도착했다. 청사가 아름답기로 소문난 곳이지만, 내려앉은 어둠은 이미 많은 것들을 가려 버렸다.

사실 시베리아 횡단열차 여행은 막상 열차 내에서 할 것이 별로 없다. 밤에는 잘 수밖에 없고, 불편한 잠자리 때문이었는지 낮에도 그리 잠이 온다.

흔들리는 기차에서 책을 보는 것도 눈이 아프고 멀미가 난다. 정말로 자든지 먹든지, 잠깐의 도착역에서 바람을 쐬며 새롭고 낯선 동네를 관찰

하는 것이 고작… 그렇다 고작 할 것이 그것밖에 없다. 또, 낯설고 새롭게 등장하는 여행자들 만나는 것을 포함하여.
모스크바에서 블라디보스톡까지 횡단철도 선상에 위치한 100여 개 도시 중 약 150개의 크고 작은 역들은, 3분 이내 짧게 정차하는 간이역이 대부분을 차지하지만, 우리가 그 땅까지 모두 밟아보지는 못한다.

정차시간이 최소 10분 이상은 되어야 바깥바람이라도 쐬일 수 있는데, 그 찰나의 순간 정차역에서 볼 수 있는 진귀한 풍경은 지역주민들이 플랫폼까지 짊어지고 나와 식료품을 판매하는 모습이다.
추운 겨울 여행에서는 열차가 도착하기를 기다리며 꽁꽁 얼어붙은 모습에 안쓰럽고, 뜨거운 여름에는 땡땡 내리쬐는 태양에 온몸이 땀으로 범벅된 모습이 안쓰러워 무언가라도 사고 싶지만, 이내 마음을 돌린다. 살 만한 것이라고는 아이스크림 '마로쥐노예' 이외에 이름 모를 생선들은 눈도 가지 않는 까닭이다.
하지만, 러시아인들은 2등이라면 서러운지 생선이며 고기며 가격을 흥정하면서 식료품 사재기에 열을 올린다. 그런 가운데 우리 입맛에 맞는 훈제 생선도 있다. 이름하여 '오믈', '하료스', '야쥐' 등이다.
오믈은 바이칼에서 서식하는 생선으로 비싸지 않으면서 맛도 좋다. 오믈과 하료스는 맛이 서로 비슷하고, 야쥐는 조금 더 쫄깃하다. 나도 어떤 놈이 어떻게 생겼는지 아직 모른다. 다만, 타고 내리는 러시아인들을 만나

친구가 되고, 여행 벗이 되면서 주전부리로 얻어먹으며 터득한 것이다.

우리에게는 다소 생소하게 느껴지겠지만, 러시아에서는 아주 익숙한 현지의 모습들이다.
거대한 땅덩어리에 필요한 자원을 모든 지역에 배분할 순 없는 노릇이라 자연스레 생겨난 삶의 이치라 여겨진다.
20여 년 전 공부하러 처음 이 땅에 도착한 이후, 또다시 몇 번이고 여행을 하고 있는 내게 자연스럽게 눈과 마음에 베어 들었나 보다. 전혀 낯선 풍경이 아니기에 말이다.
그러나 이러한 러시아만의 '플랫폼 장터'도 없어지지 않을까 하는 생각이 든다.
'빼름'이라는 지역을 통과한 이후인 것 같다. 플랫폼에서 장사하는 주민들을 역무원들이 막고 서 있는 모습을 보았다. 단속하는 그 모습이 더 어색해 보였지만, 어엿한 현재의 모습을 내 두 눈이 목격하고 말았다.

다시 열차에 올라, 깊은 낮잠을 청하기 위해 화장실에 들렀다. 볼일을 해결하고 문을 여는데 열차가 선로를 변경하려는지 좁은 복도에서 화장실

문이 힘차게 열리고 말았다. 하마터면 기다리던 승객에게 부딪힐 뻔했다.
"Oh, I'm so sorry. I didn't know that~"
"It's ok, don't worry…."
분명 내가 탄 객차에 동양인이라곤 나밖에 없었는데, 동양인 학생이 서 있다. 미안한 마음에 이리저리 얼버무리는 대화를 나누던 중 서로 한국인임을 알고는 한바탕 웃었다.
그 학생은 국어교육학을 전공 중인 대학생 '민지'다.
민지는 한국에서 대학을 다니던 중 노르웨이 교환학생 프로그램을 마치고 귀국하는 길이었다.
귀국하는 길, 다시 학업에 열중하면 언제 다시 유럽여행을 할 수 있을런지 몰라 부모님의 반대를 무릅쓰고 귀국길 '시베리아 횡단열차'에 몸을 실었다고 한다.
침대 구역이 달라 아주 많은 대화들은 나누지 못했지만, 이따금 정차역과 복도에서 만나 짧은 인사들을 나눴다.
민지는 삼성전자에 근무하며 오랫동안 주재원생활을 했던 부모님으로 인해, 어린 시절부터 해외생활을 꽤 했다고 한다.
부모님을 따랐던 곳들 중 어디가 가장 그립냐는 질문에, 돌아오는 대답이 '슬로바키아'다.

"그래 맞아! 많은 이들이 슬로바키아에서 할 것이 별로 없다고 하는데, 나는 '블라티슬라바'에서 꽤나 의미 있는 시간들을 보냈던 것 같아. 물론 많은 이들이 얘기하는 것처럼 크게 할 것은 없지만, 자연을 벗 삼아 분주하지 않은 소박한 아름다움이 너무나 좋더라구~"

"맞아요. 그래서 사실 저도 이번에 블라티슬라바에 잠시 들렀다 오는 길입니다. 옛날에 다녔던 학교도 보고 싶었고, 친구들도 생각이 많이 나더라구요."

그렇다. 이 천지 만물 그 어느 한 곳 소중하지 않은 곳이 있을까!
넘치면 넘치는 모습 그대로, 부족하면 부족한 모습 그대로인데, 변하는 것은 오직 간사한 나의 마음인 것을 다시 깨닫는다.
이처럼 길고 지루할 것만 같은 시베리아 횡단열차에서의 생활은, 지난날들을 회상하고 자고하며, 또 다가올 시간에 대해 생각하며 준비하는 더없이 좋은 시간이기도 하다.

나는 이르쿠츠크에서 내리고, 민지는 곧장 블라디보스톡으로 향하는 일정이라 레스토랑 객차에서 커피 한 잔씩에 다시 이런저런 대화를 나누게 되었다.
그러던 중, 블라디보스톡에서 인천으로 돌아가는 항공편이 동일한 것과 게다가 서로 지정한 좌석도 바로 옆자리라는 것을 알게 되었다. 드라마 같은 우연이다. 하지만 우연다운 우연치고는 20년이라는 세월의 차이가 너무나 크고 깊다.
다시 블라디보스톡에서 상봉할 것을 기약했다.

어찌 되었든 열차에서 먼저 내리게 될 나에게 민지가 한마디 던진다.
"그래도 작가님은 이제 곧 내리시네요. 저는 3박 4일이나 더 가야 해요."
"너는 바로 향하지만, 나 역시 바이칼에 들렀다가 남은 3박 4일을 또 달

○ 이후 민지와 블라디보스톡에서 다시 보게 되었다.

려야 해. 힘내서 마지막 종착역까지 조심해서 여행해~"

아무렇지 않았던 민지의 마음이 나를 만나고 떠나보내며, 끝날 것 같지 않은 시베리아 횡단의 지루함을 느꼈나 보다.

같은 횡단 여행이라도, 단번에 가는 것과 중간에 한 번 내렸다 가는 데에는 분명 차이가 있다.

여대생 홀로 러시아어가 안되고 영어가 쉽게 통하지 않는 열차에서, 7박 8일은 쉽지 않은 일임이 틀림없다.

지나고 나면 아무것도 아닌 모든 일들이, 처한 현실에서는 때로 고달플 때가 많은 것이 우리네 삶이고, 그것이 곧 여행이다.

조금은 지루해하는 민지에게, 7박 8일간 열차에서 나머지 시간을 그저 멍하니 시간만 잘 때우라는 말만 해주기엔 어른으로서, 또 여행과 관련한 책을 집필하는 한 사람으로서 무책임할 것 같았다.

"눈을 감아봐! 눈 앞에 펼쳐진 하얀 도화지에 너에게 아주 친숙한 세계지도를 빨리 그려봐. 그러면 세계에서 가장 큰 대륙을 가진 러시아가 좌측에서 우측까지 상단에 그려질 거야! 그리고 좌측 부분에 대충 모스크바를 찍고 우측에 대충 블라디보스톡에 점을 찍어 두 곳을 길게 연결해. 지금 그 줄 위에 네가 있는 거야! 아주 중요한 순간이지. 단순히 기차를 타고 지역을 이동한다는 것 그 이상이야. 지루할 틈이 없어!"
"오! 갑자기 소름 돋아요."

그렇다. 열차로 단일 국가에 7시간 시차를 둔 대륙을 이동한다는 것은… 어쩌면 살아 있는 동안 가장 소중한 경험 중에 하나일런지 모른다. 어느 누군가는 죽는 날까지 해보지도 못하는 일이 될 수도 있는 것이고….
누군가 시베리아 횡단열차 여행에 대해 끄적여놓은 글귀를 읽은 적이 있다.
'7일 동안 첫날엔 신기하다가 나중에는 지루해 죽는다고'
살려면 사는 것이고, 죽으려면 죽는 것이다. 나라고 힘들지 않을 수 있으랴! 이따금 몇 날 며칠을 달려도 목적지가 나오지 않는 고된 여행길에 "뭔 호사를 누리려고 이 짓을 하고 있나"라는 생각도 들지만, 얼마 지나지 않아 분명코 다시는 마주 못할 추억이 되어 돌아온다는 것을 알기에 인내하며 고뇌하고 호연지기를 기른다.

150시간 동안 시시각각으로 변하는 차창 밖 풍경은, 엇비슷해 보이는 가옥과 자연풍경들일 것 같지만 완벽하게 다른 모습들을 보여 준다.

맞다. 화려함은 없다. 결코….

하지만 25년에 걸쳐 완성된 철로 위에 몸을 의지하면, 102년 전에 완공된 '제정러시아'의 오랜 숙원이었던 그 역사와 함께하게 되는 것이다. 바로 내가 주인공이 되어서 말이다.

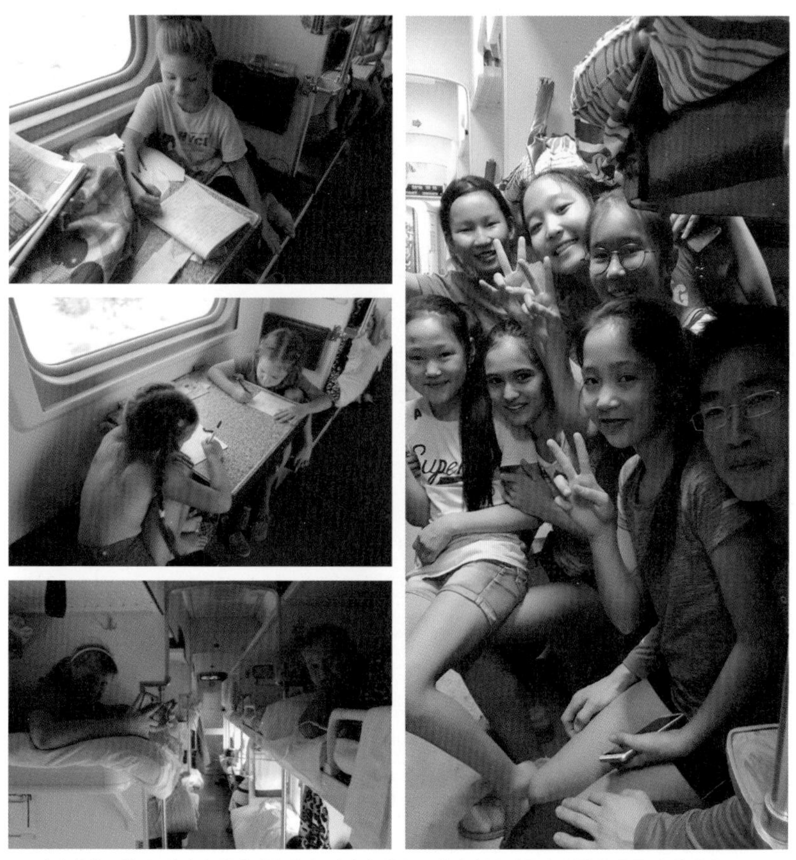

○ 성인에게도 힘든 장거리 열차여행에서, 어린아이들도 제각각 본인들의 역할을 묵묵히 해낸다.
숙제를 하지 않고는 마냥 친구들과 어울릴 수도 없다..

수도 모스크바를 출발한 지 57시간 30분 만에 4,065Km를 달려 시베리아의 중심 '크라스노야르스크'에 도착했다. 20여 년 전 러시아를 향한 첫 번째 유학길 경유지였던 곳.
아직 단 한 번도 발도장을 찍지 못했지만 역사 너머로 또, 도착 직전 창밖으로 보이는 도시의 모습을 보니 꽤나 번영한 대도시다운 모습이다.
대도시는 어느 나라나 비슷하게 복잡한 풍경이고, 이따금 마주하는 시골역의 풍경 또한 마찬가지로 어디나 정겹다.
짐꾸러미를 들고 가족을 떠나보내는 이들, 간이역 구멍가게에서 요깃거리를 구입하는 승객들, 기차역과 마을 어귀의 구분이 모호한 레일 너머의 세상에서 자동차의 보닛을 열어 수리에 열중하는 사람들의 모습들은, 사실 낯설지 않은 러시아의 전형적인 풍경이라 할 수 있다.

대도시인 까닭인지, 크라스노야르스크에서 제법 많은 이들이 내리고 탑승했다.
나의 구역에 있던 젊은 아가씨들이 진작부터 짐 정리를 하더니 내렸나 보다. 그러곤 한바탕 단체 학생들로 붐비기 시작했다. 빈자리에 아리따운 여고생 2명이 자리를 정리하며, 계속 나를 힐끔거린다. 그도 그럴 것이 우리 객차에 동양인이라곤 나 혼자니 그럴 만도 했다.
셀 수도 없이 많은 나라들을 여행하면서, 유독 러시아인들의 동양인에 대한 관심이 남다르다는 것을 자주 느낀다.
사실은 오늘날처럼 '지구촌'이라는 단어가 어색하지 않은 지금에까지도 그렇다. 아니나 다를까 예쁘장하게 생긴 여고생 한 명이 말을 건넨다.
"어디에서 오셨어요?"

"호주에 살고 있고, 한국사람이야~"
"아~ 여행 오신 거에요? 러시아어는 어떻게 배우셨어요?"
"응, 옛날에 쌍트 빼쩨르부르그와 까잔에서 공부했는데, 지금은 시베리아 횡단열차 여행 중이야!"
"저는 크라스노야르스크에 살고, 지금은 몽고 울란바토르에 학교 교환학생 프로그램에 참석하는 길이에요."
몇 마디 대화를 나누는 동안, 객차 내의 많은 학생들이 우리에게로 모여들었다.
아이들은 별 재미있지도 않은 대화들에 매번 까르르 웃으며 낯선 동양인과의 시간을 즐거워했다.
그렇게 긴 시간 동안 이러저러한 대화를 나누며 꽤 친해졌나 보다.
친구들이랑 함께 먹으려 꺼낸 초콜릿박스를 뜯고선, 가방에서 노트를 꺼내어 한참 무언가를 끄적인다. 그러더니 한 장을 '부~욱' 찢어 초콜릿과 함께 내게 건넨다.

"저는 '알료나'라고 하고, 이건 제 주소에요. 우리 러시아어와 영어로 편지 주고받아요."
"내가 편지를 쓸 만큼 러시아어를 잘하진 못하는데 어쩌지?"
"괜찮아요. 대충 쓰면 제가 다 이해할 수 있어요."
답은 하지 못하고 웃음으로 대

답을 대신했지만, 호주 시드니의 바쁜 일상으로 돌아가 과연 내가 편지를 쓰고 보낼 수 있을까 싶다.
'알료나'와 이런저런 대화를 나누는 동안, 객차 내의 알료나 일행 모두가 우리 구역으로 서서히 모이기 시작해 이내 대가족이 되었다.
학생들과 동행하는 지도교사까지 한자리에 모여 한바탕 웃음꽃을 피웠다.
편지!
참 오랜만에 들었다. 옛날엔 편지를 주고받으며, 또 친구와 선후배들의 편지를 모으기도 했는데 말이다. 남자에게서 받은 편지는 없었으니 오해하지 마시기를….

열차에 탑승한 지 70시간 만에 시베리아의 중앙을 달리면서, 모스크바와의 시차는 +5시간 벌어지고 대한민국과는 -2시간으로 좁혀진다.
6시간만 지나면 탑승한 지 만 3일이 되는 시간이다. 만3일 동안 열차에 탑승 중이라…
갑자기 웃음이 나온다. 그렇다고 뭐 어이가 없는 웃음은 아니다.
만약 대한민국 부산을 출발한 열차가, 만3일을 이동한다면 어디에까지 당도할 수 있을까?
평양을 지나, 중국 본토를 넘어 러시아의 어느 국경선 인근까지 도착하지 않을까 싶다. 민족의 염원이라고 하는 '통일'까지는 모르겠고, 남과 북이 '철도'만이라도 다시 연결되어 우리 또한 열차로 전 세계를 누비고 다닐 수 있는 날이 속히 왔으면 너무도 좋으련만….

다시 어둠이 내려앉고 모두들 침구 정리를 하며, 긴 밤 보낼 준비에 한창이다. 모르긴 해도 내일 아침을 기해 '바이칼의 도시' 이르쿠츠크에 도착하면, 외국인들은 거의 모두 내릴 듯하다.
모스크바를 제외하고 외국인을 가장 많이 볼 수 있는 곳이 이르쿠츠크다. 바이칼 호수를 보기 위한 목적이며, 바이칼 호수를 보기 위해서라면 반드시 들를 수밖에 없는 곳.

시간상으로 3박 4일을 꼬박 달려, 드디어 5,153Km의 여정이 끝나고 '이르쿠츠크'에 도착했다. 그야말로 만세 수준이다. 만세.
예상대로 객차 내의 절반 이상이 내릴 준비를 한다.
아니, 웬걸. 한두 시간 전부터 짐 정리를 하던 알료나도 내릴 준비를 한다.

"너는 몽고 울란바토르에 간다며!"
"네, 우리도 여기서 내려 몽고 횡단열차로 갈아타야 해요."

○ 왼쪽열차는 몽고 울란바토르행, 오른쪽은 모스크바발 블라디보스톡행 열차다.

내리고 보니, 바로 옆 플랫폼 열차가 몽고 울란바토르행 기차다. 땅덩어리가 크니 참 좋긴 하다. 모스크바에선 '발트 3국'을 지나 폴란드 · 체코 · 프랑스, 혹은 연결편으로 더 멀리 스페인 · 포르투갈까지, 쌍트 빼쩨르부르그에선 코치밴으로 스칸디나비아반도로, 이르쿠츠크에선 바로 옆의 열차를 갈아타니 중앙아시아로…
다시 한번 너무도 부러운 순간이다.
또다시 깔깔거리며, 알료나 일행들이 내게 작별 인사를 건네며 기념사진을 찍자고 한다.
"알료나! 다스비다냐~"

# 이르쿠츠크
IRKUTSK

○ 이르쿠츠크 기차역

공업으로 발달한 러시아 시베리아의 도시 이르쿠츠크. '바이칼 호수'에서 흘러내린 눈물이 흐르고 흘러 330년 만에 '앙가라 강'이 되어 이르쿠츠크의 도심을 가로지른다.

'우랄', '극동', '중앙아시아'와 연결되는 시베리아 교통의 요충지로서도 그 역할을 톡톡히 감당하는 곳이 이르쿠츠크다.

17세기에는 부유층들의 피한지로 각광을 받았고, 짜르(황제) '니콜라스 1세'에 대항하여 일어난 '데카브리스트의 난'에 참여한 사람들이 시베리아로 유배당하면서, 그들의 문화가 자리 잡아 현재에 이른다.
무엇보다 세계 각지에서 모여드는 '바이칼 여행자'들이 무조건 방문해야 하는 곳이지만, 여행자들에 대한 인프라가 많지 않아, 대충 들렀다 가는 이들이 많다.
크게 볼거리는 없다 하더라도 소소하게 또 번잡하지 않은 러시아의 모습들을 간직하고 있어 시베리아 횡단 여행의 중간기착지로 나름 충실한 기능을 감당하고 있다.
도착 후 바이칼 '알혼 섬'으로 바로 떠나기보다는, 바이칼 여행을 기점으로 앞뒤 하루 이틀 정도 할애해서 준비하고 정리하는 시간을 가지기에 안성맞춤인 도시다. 공연일정과 맞물리는 시기라면, 발레나 오페라 관람도 가능하다.

○ 이르쿠츠크의 앙가라 강. 발원지는 바이칼 호수.

# 130지구
## 130Kvartal

화재로 폐허가 된 지역을 복구하여, 현대적인 모습으로 재탄생 된 이르쿠츠크 제1의 번화가이다.
쇼핑센터와 레스토랑, 카페들이 밀집된 곳이며, 여행자 거리보다 여행자들이 더 많이 눈에 띈다.
과거 18세기에 목조 건축물 단지였던 이유로 새롭게 지어지는 건물 또한 현대식 목조건축물들이 주를 이루며, 그 범위가 조금씩 확장되고 있다.
쇼핑몰에선 생각보다 괜찮은 브랜드의 물건 득템도 가능하지만, 반대로 한국보다 비싼 금액에 구입하는 경우의 불상사가 발생할 수도 있다.
쇼핑이 필요한 여행자는 환율계산을 잘 해보자.
이르쿠츠크에는 전설의 동물이 된 호랑이가 있다. '타이가 지역'에서 서식했던 호랑이인데, 그 전설의 호랑이 조형물(바브르)이 '130지구' 입구에서 있어 찾아가기도 수월하다.

## 데카브리스트
Dekabrist

1812년 나폴레옹 전쟁에서 승리하고 돌아온 러시아 귀족 청년들은, 적지 파리에서 경험한 서유럽 사회의 전반적인 자유주의 사상, 또 민주적인 자유가 조국의 비참한 모습과는 대조적인 데에서 혁명을 꿈꾸게 된다. 당시의 러시아는 전제 정치와 농노제로 인해 농민들의 삶이 순탄치 않은 시절이었다. 마침내 그들은 비밀 결사대를 조직하여 1825년 '황제 니콜라이 1세'에 대한 충성 서약식에서, 왕실 친위대장이었던 '트루베츠꼬이'를 중심으로 반란을 계획한다.

전제 정치의 폐지와 법 앞의 평등, 민주적 자유, 입헌군주제 혹은 공화제로의 전환 등을 외치며 봉기했으나, 결과는 참담한 실패로 끝나고 말았다. 당시 3,000명 이상의 군 장교와 병사, 청년들이 혁명을 외쳤건만 핵심인물 600명 중 5명은 곧바로 처형되었고, 함께 했던 많은 청년들과 군인들이 시베리아로 유배되어 이르쿠츠크에 뿌리를 내리게 되었다.

러시아어로 '12월'을 '제까브리-데까브리'라고 한다. 12월에 펼친 반란이라 하여 그들을 '데카브리스트'라 칭하게 되었다.

농민들에게 보다 나은 삶을 찾게 하고자 했던 그들에게 많은 이들이 감동했고, 특히 데카브리스트와 교류했던 시인 '푸쉬킨'은 그들을 위해 여러 편의 시를 헌정하기도 했다.

귀족 청년들이었던 '데카브리스트'들은 그들의 높은 지적 수준으로, 척박한 시베리아 땅의 문화예술에 큰 공헌을 한 것으로 알려져 있다.

특히, 데카브리스트들의 부인들에게는 귀족 신분을 유지할 수 있도록 독려했으나, 그녀들은 모든 부귀영화를 포기하고 남편들의 시베리아행에 스스로 고난을 택했다.
또, 톨스토이의 '전쟁과 평화'에 등장하는 주인공이 '발콘스키'인데, 이는 데카브리스트의 실존 인물이며 그 역시 시베리아의 고된 노역생활을 마치고 이르쿠츠크에 정착했다.
'데카브리스트의 난'을 주동했던 '트루베츠코이'와 '발콘스키'의 저택이 아직까지 남아 있으며, 대도시 귀족생활 못지않은 고급스러움으로 저택을 만들고, 이르쿠츠크의 곳곳에 유럽의 문화들을 심어놓았다. 그러한 연유로 이르쿠츠크가 '시베리아의 파리'라는 애칭을 가지게 된 것이다.
도시의 전체적인 모습은, 전혀 프랑스 파리와 닮지 않았으니 큰 기대는 하지 말자.

PART
04

# 바이칼 호수
# LAKE BAIKAL

'시베리아의 진주' 바이칼 호수는 '세계 최초의 담수호', '세계 최대 깊이의 호수', '세계 최대 어류 서식지' 등 '넘버 원'이라는 수식어구가 많이 붙는다.

300여 갈래의 물이 한 곳으로 유입되어 형성된 최대수심 1,637m의 '바이칼 호수'. 지구 전체 민물 20%에 달하는 호숫물은, 약 330년 동안 흐르고 흘러 '앙가라 강' 단 한 곳만으로 흘려보내진다. 호수의 길이가 대한민국 서울에서 부산까지 거리보다 긴 636Km(폭 너비 79Km)나 된다.
바이칼 호수로 가기 위해서는 무조건 이르쿠츠크에 닿아야 하며, 일반 여행자들은 이곳을 제외하고 달리 갈 수 있는 방법이 없다고 보면 된다.
인공의 멋은 자연의 경이로움을 절대로 이기지 못한다.
기행이 삶이고, 삶이 곧 기행인 내 인생에, 바이칼 호수와 호흡할 수 있었다는 것은 매우 큰 행운이었다.

"바이칼을 주재하신 이 그 누구뇨
우주 만물 주재하신 이 그 누구뇨
감사 또 감사드리나이다."

바이칼 호수는 이르쿠츠크에서도 약 300Km 떨어진 곳에 있다. 때론 도로 사정이 좋지 않아 아스팔트가 다 벗겨진 울퉁불퉁한 도로도 힘들게 달려야 한다.
차량도 힘들어 보이지만, 내가 더 힘들다.
바이칼 호수의 많은 섬 중에, 유일한 유인도가 '알혼'이다. 세계 각지에서 모여든 여행자들이 바이칼에 간다는 말은, 곧 '알혼' 섬으로 들어간다는 말과 같다고 보면 된다.
호텔을 통해 버스를 신청하면 전용버스가 하루에 두 차례 오전 10시와 12시경에 출발하고, 버스터미널을 통해 이동한다면 하루에 4차례 혹은 5차례 있지만 전용버스보다 훨씬 불편하다.
차량의 정숙도와 편안함은 물론, 노선따라 움직이는 까닭으로 시간조차 늘어나 매우 불편해지기 때문이다.

중간 주유와 잠깐의 휴식을 포함해 5시간 만에 바이칼 호수의 입구에 도착했다. 이곳에서 다시 카페리에 차량을 선적하고 사람들이 승선한다. 선착장과 알혼 섬까지의 거리는 약 15분이 소요되지만, 선적과 승선 상황에 따라 변수가 생겨 30분 이상을 기다려야 할 때도 있다. 이것도 도착 후 바로 승선할 수 있다는 가정하에서다.
바이칼 호수와 직접 대면한다는 것은, 이처럼 매우 힘겨운 과정들이 수반된다.
그나마 다행인 것은 선적을 위해 길게 서 있는 차량대열을 제치고, 상업용 차량들에게 우선권이 있어 개인 자가용보다 시간을 단축시킬 수 있다는 것이 개인 여행자들에겐 희소식이다.
하지만, 그런 가운데라도 운이 나쁘면 중국인 관광객들을 태운 대형버스와 현지투어버스, 일반버스들에 밀려 한참을 기다려야 할 수도 있다.
'시베리아 횡단과 바이칼 호수' 두 마리 토끼를 잡으려면, 금전과 체력은 기본이며 정신적으로도 매우 힘든 순간이 될 것이다. '두 마리 토끼'를 계획하고 있다면, 한 살이라도 더 먹기 전에 서둘러야 한다.

준비되었는가?
아직 준비되지 않았다면, 이 책을 덮으면 안 된다.
선착장 도착하기 10여 분 전부터 바이칼 호수의 실루엣이 보인다. 눈으로 보이지 않는 곳에 무엇이 더 있다 한들 지금으로도 충분히 경이로운 순간이다.

어쩌면 더 아름다워 보이는 이유가, 이미 시드니에서 인천까지 10시간 30분, 인천에서 모스크바까지 9시간 30분 비행을 마치고, 모스크바에서 이르쿠츠크까지 3박 4일은 열차에서, 다시 이르쿠츠크에서 바이칼까지 5시간 동안 꼼짝없이 버스에 앉아 좀이 쑤셨던 것일지도 모른다.

하지만 바이칼 호수의 풍경은 1분 전까지의 고통을 아주 깨끗하게 정리해 준다. 아주 말끔히….

딱히 표현할 길 없이 정말로 아름답다. 오염되지 않은 공기와 바닥까지 훤히 들여다보일 것만 같은 깨끗한 물을 담아가고 싶지만, 이미 이르쿠츠크에서 상품화되어 판매하는 '바이칼 생수'를 많이 마셔 욕심이 줄었다.

바이칼에 당도한 것도 신기한 일이고, 호수 속 유인도 '알혼 섬'으로 들어가는 것도 신기한 일이다.

더 신비스러운 건, 1초만 지나도 다시는 오지 않을 2018년 7월의 여름 바이칼에 내가 존재한다는 것이다. 그것이 팩트다.

카페리를 이용해 알혼 섬에 도착하고서도 '완벽한 형태의 비포장 돌길'을 자동차로 30여 분 더 질주해야만 인프라가 갖춰진 '후쥐르 마을'에 도착한다.

○ 알혼섬으로 들어가기 위한 선착장

○ 여름에는 페리 2대가 왕복 운항한다.

○ 알혼섬의 입구 선착장 모습

○ 알혼섬 도착 후, 울퉁불퉁 돌길을 30분 더 질주해야만 후쥐르 마을에 도착한다.

○ 후쥐르 마을에서 가장 큰 길이다.

○ 후쥐르 마을 전경

○ 4계절 모두 숙소가 부족한 실정이라, 대규모 공사가 시작되었다.

먼지 폴폴 날리는 후쥐르 마을의 시골길을 걸어 알혼의 하이라이트 '부르칸 바위'로 향했다.
바이칼 호수를 바라보며, 후쥐르 마을의 정상 어귀에 다다랐다.
오른쪽 아래를 내려다보니 웅장한 모습의 바위가 하얀 이를 드러내며 나를 반긴다.
바위의 모습이 너무도 강인해 한참을 내려다보았다. 호수로부터 넘어오는 한여름의 저녁 바람이 꽤나 거칠고 차갑다.
부르칸 바위처럼 비바람에도 요동치지 않는 우직함이, 내게도 다시 필요하다.
어떤 거친 풍파에도 묵묵하고 든든한 저 바위처럼 말이다.

## 부르칸 바위(불한 바위) Burkhan

석양에 비친 바위는 바라보는 방향과 각도, 시간에 따라 모양과 색깔이 변한다. 마치 호주 아보리진의 성지 '울룰루'의 커다란 바윗돌 만큼이나 신비롭다.

'샤먼 바위'로 잘 알려진 '부르칸 바위'는, 전 세계 무속인들에게는 성지로 알려져 있다.
'샤먼Shaman'은 굳이 한국말로 표현하자면 '무속인'이다. 샤먼의 원의미는 동시베리아와 동북시베리아에 거주했던 '퉁구스 족'의 종교적 지도자를 가리키는 명칭이었다.
원시적 종교, 즉 '신神'을 불러들이는 이상심리상태의 원시적 종교를 '주

술' 혹은 '샤머니즘Shamanism'이라고 한다.

의아스러운가?

시베리아 횡단 중 만난 '바이칼 호수'에서 '무속인들의 성지, 또 '샤머니즘' 운운하는 것이.

이르쿠츠크에서 일행을 태우고 출발한 운전기사는, 누가 보아도 영락없는 러시아 청년이었다. 그렇게 힘들고 좋지 않은 길을 너덧 시간 운전해, 차량을 페리에 싣고 알혼 섬 입구에 도착 후 그가 내게 보여준 행동이란…

알혼 섬에 도착 후 채 5분도 되지 않아 차를 가장자리에 세운다. 무얼 하나 싶었는데 주머니에서 꺼낸 동전 하나를 테이블 위에 고이 올려놓고 다시 차에 오른다. 그러고 보니 그곳은 과거 한국의 시골 마을에서 이따금 볼 수 있었던 '서낭당(성황당)'과 비슷한 곳이었다.

그 테이블 위에는 동전에서부터 담배, 쌓아 올린 돌탑, 나무, 오색 천 등 큰돈 들지 않는 갖가지 물건들이 신앙적인 의미로 한가득 올려져 있다.
"아~ 내가 정말 무식했구나!"라는 생각이 드는 순간이다.
조금 부끄러운 얘기지만, 나는 지금껏 수십 년을 살면서 '무속신앙'이 우리네 어른들이 야심한 밤 물 떠놓고 기도 올린 것에서 기인한 '우리네 신앙'인 줄 알았던 것이다.
무식해도 이런 무식도 없다 싶었다. 비단, 초입에서뿐만 아니라 알혼 섬의 곳곳에서 서낭당 역할을 하는 곳들이 제법 있는 것을 보았다.
어느 신앙을 막론하고 불운을 막고, 행운을 부르는 사람의 마음…
사람 사는 곳 다 똑같나 보다.
그리고 그렇게도 러시아에 대해 잘 알고 있다 자부했건만, 바이칼 호수 알혼 섬에 '시베리아 샤머니즘'이 존재한다는 것이 무척이나 생소하게 느껴졌다. 그러한 까닭인지, 여행자뿐만 아니라 한국의 무속인들도 이곳에 많이들 찾아온다고 전해 들었다.
무속인들의 정보에 의하면, 아시아 대륙 중에서 강력한 영력을 받을 수 있는 곳이 아홉 곳 있는데, 바이칼의 부르칸 바위는 그중에 으뜸이라고 한다. 그래서 그들은 부르칸 바위를 '샤먼 바위'로 부른다.

○ 서낭당 역할을 하는 곳엔 갖가지 제물들이 가득하다.

## 다시 종착역 블라디보스톡을 향해…

I'm going to have to go

아름다운 바이칼 호수 여행을 마치고 다시 열차 횡단이 시작될 이르쿠츠크 역에서 표를 검사받고, 예약된 자리에 앉아 다시 한번 표 검열을 받아야 한다.

러시아에서는 열차에 탑승하기 전 여권과 승차권을 함께 확인하는데, 인터넷으로 받은 전자티켓은 사용할 수 없다. 어떤 정보에서 정식 발권된 승차권 없이 전자티켓으로 탑승이 가능하다고 하지만 탑승 후 뒤에 따라올 많은 일들이 결코 쉽지만은 않다.

실제로 전자티켓만 소지한 채 탑승만은 가능하다.

나는 이미 모스크바 야로슬랍스키역에서 2구간의 티켓을 발권한 상태였다. 모스크바를 떠나 이르쿠츠크로 향할 때는 카메라 가방에 표를 넣어 두어 손쉽게 보여줬지만, 이르쿠츠크에서 바이칼 여행을 다녀오면서 짐 정리를 하는 동안 블라디보스톡으로 가는 표가 가방 아주 구석진 곳으로 들어가버렸다.
전자티켓으로 일단 탑승은 했지만, 너무 무거운 가방을 복잡하고 야단법석인 열차 안에서 도무지 꺼낼 엄두가 나지 않을 때 사건 하나가 발생했다.
여자 차장은 나에게 계속 표를 요구했고, 나는 보여줬다고 계속 말했다. 불쑥 가버리더니, 10여 분 후에 자기를 따라오랜다. 열차 몇 량을 지나 매니저로 보이는 차장 방으로 나를 안내하더니, 아주 무뚝뚝한 상급 남자가 노려보며 "빌렛! 빌렛! 에따 니엣!(표! 표! 이건 표 아냐!)"라고 윽박지른다.
너무나 시끄럽고 몹시도 귀찮았다. 가방을 뒤져 표를 꺼내올까 잠시 고민하다가, 정식으로 발권된 승차권 없이 전자티켓만 소지하면 어떻게 될지 갑자기 궁금해졌다.
남자는 계속 상기된 목소리로 쏘아붙인다. 모든 것을 이해하고 있었지만, 러시아어가 전혀 이해되지 않는 표정을 지었다.
이 남자도 아주 난감해졌다. 수거해온 다른 승객들의 표를 탁자에 탁탁 치면서 분위기도 약간 공포스럽게 이끈다.
내게도 오기가 생겼다. 정말로 '객기'가 아닌 '오기'가 생겼다.
"그래, 나 표 없다. 어쩔래! 어떻게 되나 궁금했는데 끝까지 한번 가보자!"
남자는 꽤 공포스러운 분위기를 연신 풍기며 열차를 계속 탈 수 없을지도 모른다고 말했지만, 여전히 나는 아랑곳없이 영어로 대꾸했다.

"그래 까짓것 중간에 내려 다른 도시 구경 좀 하면 되지 뭐!"
전자티켓이 있고 여권까지 확인했는데 표가 꼭 있어야 하는 것인지, 사실 지금까지 이해할 수 없는 부분이기도 하다.
아! 물론 로마에 가면 로마의 법을 따라야 하지만, 사실 이런 억지도 없다. 러시아 철도청에서 내게 발급한 티켓인데, 티켓이 아니라고 하니 어이가 없는 것이다.
나를 너무나 귀찮게 했지만, 이젠 가방에서 꺼내 들고 "자! 여기 있지! 나 이제 갈게."라고 하기엔 이미 너무 많은 시간이 흘러버렸다.

하지만 정말로 어떻게 되는지 궁금하기도 했다. 나는 다리까지 꼬며 꽤 편한 자세로 '해볼 테면 해봐라' 식으로 버팅겼다. 그러고도 한참을 서로 노려보며 무언의 시위가 벌어졌다.
급기야 나의 침대칸 여자 차장이, 영어가 가능한 다른 차장을 데려왔다.
"티켓이 있어야 해."
"벌써 보여줬잖아."
"아니, 이거 말고 발권된 표가 있어야 해."
"나 없어. 이게 다야."
자기네들끼리 한참 대화를 나누더니 나에게 벌금을 내라고 한다.
어이가 없어도 보통 없는 게 아니다.
"왜? 왜 내가 벌금을 내야 해? 너네 이동식 단말기에도 내 이름이 확인이 되잖아."
"아무튼 승차권이 있어야 해."
"그래 벌금이 얼마야?"

"230루블."

나는 뒤늦게 약이 바짝 올랐다.
그 시간 이후부터 줄곧 러시아어를 구사하니, 얘네들 어안이 벙벙해졌다.
"그래 줄게. 230루블 나에게 아무것도 아냐, 알아? 그리고 호주에서 커피 한 잔 값도 안 되는 돈이니 내가 줄게. 하지만 너네들 태도가 많이 잘못됐다고 생각해. 여행자들이 잘 몰라 표를 바꾸지 못했을 수도 있는데 무슨 죄인 취급을 하고 그러냐."

얘네들 '구소련' 시절 남아 있는 잔재 중 아주 큰 것 하나가 사실 '기차표 검사'이기도 하다.
표를 수거해서 차장이 가지고 있다가, 탑승객이 내리기 전 상단을 살짝 찢어 차장실에서 보관한다. 그러다 승객이 내리기 2~30분 전 돌아다니며 일일이 다시 돌려주는 시스템이다.
걔네들… 그 승차권을 반드시 찢어야만 하는 것이다.
그 옛날 유학 시절은 소련이 해체되고 얼마 지나지나 않았다고 치지만 20여 년이 지난 지금에까지, 게다가 양국 간 비자까지 없어진 이 마당에도 그 짓을 꼭 해야만 하는가 싶었다.
아무튼 발권된 승차권 없이 전자티켓만으로 열차 탑승은 가능하다. 하지만 매우 귀찮고 소액이지만 벌금을 내야만 한다. 내가 직접 겪은 리얼 100% 사실이다.
북한 병사 군복같이 생긴 제복 차림을 한 차장 여럿이서 분위기를 험악하게 만드니, 겁이 많은 여행자라면 사전에 발권된 승차권을 소지하자.

인터넷으로 러시아철도를 예약하면, 무조건 전자티켓이 발급된다. 발급된 티켓을 가지고 본인이 출발할 역에 가면 ATM 기계처럼 생긴 물건이 몇 개 있다. 영어로 번역도 가능하지만, 노어 · 영어 모두 힘들다면 안내센터의 직원에게 도움을 요청하면 친절하게 도와준다.
모두가 친절한지는 모르겠지만, 내가 갔을 땐 친절한 직원이 있었다.

그렇게 벌금을 지불하고 돌아오니, 그동안 묵묵히 가만있었던 옆자리 승객들이 나에게 어떻게 되었는지 궁금해한다.
나는 씨익 웃으며 한마디 던졌다.
"머니!!! 젠기 젠기~~!"
영어와 노어를 섞어 "돈 돈"하니, 다들 한마디씩 거든다.
"그래! 돈이면 다 되는 거야~"

한바탕 소동이 끝나고 나서 나도 침구를 깔기 시작했다. 이르쿠츠크 시각 기준으로도 4박 5일을 꼬박 가야 하니 이불 잘 펼치는 것도 아주 중요한 일과 중의 하나다. 얄팍한 린넨 한 장이지만 매트리스 커버를 잘 씌워야 등짝이 편안해서 그나마 숙면을 취할 수 있다.

이르쿠츠크 기준으로 러시아를 반으로 나눠 굳이 자연풍경에 점수를 부여하자면, 모스크바 방향보다는 블라디보스톡 방향의 자연이 더욱 풍성하고 아름답다.
푸르른 초록의 들판과 자작나무 사이로 고요히 흘러내리는 강물의 모습은, 마치 교향곡 2악장이 연주되는 것만 같이 너무나 마음이 평온해진다.

간간이 보이는 시골 마을의 가옥들을 바라보며, "도대체 여기 사는 사람들은 무얼 하며 살아갈까?"라는 생각이 들 정도로 외딴 오지마을이다.
대한민국 부산과 서울까지 약 400Km를 오가면서 시골마을을 지나칠 때도 그러한 생각들이 잠시나마 들었는데, 러시아 시골마을에서 느껴지는 400Km는 아무런 의미가 느껴지지 않는다. 하룻밤이 지나고 새로운 밤이 찾아오는데, 4,000Km나 남았을는지 모르겠다.
아직도 한참이 남긴 했지만, 블라디보스톡으로 향하는 열차에 상당한 인원의 경찰들이 갑자기 돌아다니기 시작한다.
이리저리 다니며 안전을 확인하고, 수상한 러시아인 단속도 한다.
영화 한 편을 보다 잠이 들었나 보다. 누군가 이불에 칭칭 감긴 내 다리를 마구 흔든다. 깜짝 놀라 일어나보니 경찰이다.
잠이 덜 깬 눈으로 그들을 바라보는데 갑자기 심장이 뛴다.
"에따 라시야!" 그렇다, 아직도 러시아는 이런 나라다.

그런데 웬걸. 테이블 위에 올려진 노트북을 챙겨 넣으라고 친절하게 알려주는 것이 아닌가!
소문대로 열차에서 소지품 분실이 꽤 있나 보다.

탑승 후, 두 번째 밤이 지나고 있다. 그리고 또 세 번째 까만 밤이 지나고 날이 밝았다.
나는 대한민국의 시간도 확인해야 하고, 살고 있는 호주 시간도 확인해야 한다. 거기에다 시간은 얼마나 지났는지 모스크바의 시간, 지금 현재의 시간, 마지막 종착역의 시간까지 확인해야 하니 정신이 없다.

한번 열차를 타면 모든 시간은 모스크바가 기준이 되며, 모스크바를 떠나면서 지역에 따라 1시간씩 증가하고, 종착역 블라디보스톡과는 7시간의 시차가 생긴다.

다시 중간 기착역에 도착하면서 많은 이들이 타고 내린다. 함께 먼지도 풀풀 날리는 이 일이, 몇 번 되풀이되는지 모르겠다. 처음 만나는 이들과 어색하게 앉아 있다가 서로의 음식을 들이대며 인사하고, 친해졌다가 다시 헤어지고….

할머니 한 분과 나이 많은 아들, 청년 2명이 새롭게 승차했다.
마찬가지다. 정적이 흐른다. 한참을….
차장의 표 검사가 끝나고 서로들 눈치를 보면서 자연스럽게 하나둘 얘깃거리가 시작된다.
항상 내가 주제다. 내가 잘나서가 아니라, 나 홀로 외국인이라 그렇다. 아들과 함께 탑승한 할머니는 연신 인자한 웃음을 지으시며, 외국인이 노어를 구사하니 신기하다고 하신다.
열차에서 만난 84세 '파니야' 할머니는, 극동의 '하바롭스크'에서 약 150Km 떨어진 '비로비잔'에서 여생을 보내고 계신다. 사실 비로비잔은 중국 국경이 절반은 더 가까운 곳이다.
젊은 시절에는 다른 지역에 살았는데, 7년 전 시골로 이사했다고 한다.
짧은 시간이나마 유독 나를 손자처럼 또, 아들처럼 잘 대해주셨다. 먹지 않고 있으면 먹이려 하고, 잠이라도 청할라치면 담요를 덮어주신다.
가만 생각해보니, 스탈린 시대의 삶을 사신 분이라 많은 것이 궁금했지

○ 스탈린 시대의 할머니를 만났다.

만 모든 것을 여쭐 수는 없는 상황이었다. 실례라고 생각된 것이 아니라, 나의 노어 실력 한계였다.
"할머니~ 스탈린 시대에 사셨는데, 그때가 좋으셨어요, 지금이 좋으세요?"
"당연히 지금이 좋지. 그 시대에는 15살이 채 되지 않았는데 강제 노역을 시켰어. 지금까지 몸이 불편한 것도 그때 너무 힘들게 생활했던 후유증 중에 하나래~"
화가 나진 않았지만, 웃음 가득한 얼굴에 표정이 없어졌다. 괜히 말을 건넸다.
할머니의 아들은, 내가 글을 쓰는 사람이라고 하니 책에다 꼭 써달라고 하면서 한참을 나에게 열변을 토해냈다.
"아무르 강과 바다가 만나는 곳에 '께따'라는 물고기들이 있어. 그 '께따'는 치어일 때 이동했다가 4년 만에 다시 돌아와. 그때 낚시꾼들이 모든 '께따'를 다 잡아버려. 그러면 안 되는데 사람들이 너무 큰 잘못을 하고 있는 거야!"
나중에 '께따'가 무엇인고 알아봤더니, 생각했던 대로 '연어'였다.
아저씨는 내게, 한참을 께따에 대해 강의를 한다. 들으며 함께 고개를 끄덕거리다 잠이 들어 버렸다.

# 하바롭스크
KHABAROVSK

하바롭스크에 도착하기 전, 차장이 일일이 다니며 1시간 정차라고 알려준다. 이미 알고 있던 터라 옷을 갈아입고 튀어나갈 준비를 마친 상태였다. 모스크바에서 2주간 인터넷 무제한 심카드를 구입했는데, 심카드가 더 이상 일을 하지 않아 하바롭스크에 도착하는 대로 통신사 대리점에 갈 생각이었다.

잘 되다가 되지 않으니 많이 답답했다. 러시아도 통신기반이 많이 좋아져 횡단열차 노선에서 절반 이상은 2G와 3G 신호가 오간다.

'파니야' 할머니와 아들의 강의가 잠깐 소강상태일 때, '라만'과 '아르촘'이라 하는 청년들과도 아주 친해졌다.

○ 하바롭스크 기차역

○ 하바롭스크의 가로수 길. 도시 중심을 가로 지른다.

○ 아르촘 라만과 형제가 되었다.

○ 옷을 갈아입은 라만

아르촘은 영어로 말하고 싶어 죽는 시골학교의 교사다.
나는 노어로 본인은 영어로 대화를 나누고 있으니, 보다 못한 기찻간 현지인들이 배를 잡는다.
주섬주섬 옷을 갈아입으니, 나에게 어디 가냐 묻는다.
"이러저러해서 '굴랴찌(산책)' 갈려고 해."
아르촘이 멍 때리고 있는 라만에게 어깨를 툭 치며 한마디 던진다.
"라만! 우리도 같이 갔다 오자."
"아냐 괜찮아 혼자 다녀올게."
친절도 하셔라. 그렇게 그 뜨거웠던 하바롭스크 역전을 셋이서 한 시간 동안 누비고 다녔다.
하마터면 열차를 떠나보낼 뻔했다. 모든 짐을 열차에 맡겨둔 채로….

나야 일 보러 나간 것이지만, 얘네들 땀을 바가지로 쏟아 얼굴이 시뻘건데 나를 보며 씨익 웃는다. 나의 느낌으로 라만과 아르촘의 경제적 상황이 그리 여유 있어 보이지 않았다. 유독 나의 스마트폰과 노트북, 카메라 등 전자기기에 관심을 보이는 아르촘에게는 휴대용 충전기를 선물하고,

조금 더 여유 없어 보이는 라만에게 바지와 입고 있던 셔츠를 선물했다. 좋은 것은 아니었지만 둘 모두 입가에 미소가 퍼진다. 나도 덩달아 유쾌해졌다.
라만은 받은 옷을 갈아입어 보라는 주위 러시아 승객들의 등쌀에 떠밀려 화장실로 향했다. 옷을 갈아입고 나온 라만의 모습에 열차 내에는 한가득 탄성이 흘렀다. 저도 좋고 나도 좋다.

아르촘이 나에게 질문을 던진다.
"제냐! 러시아 좋아?"
"엉! 나 러시아 엄청 좋아해~"
우리를 물끄러미 지켜보던 러시아인들이 흐뭇한 표정을 짓는 가운데, 아르촘도 한마디 거든다.
"나도 마찬가지야! 한국 무지하게 좋아해!"
그렇게 우리는 기나긴 며칠 밤들을 함께하며 형제가 되었다. 이것이 여행이고, 여기가 러시아다.
"파니야 할머니, 그리고 라만과 아르촘 아우들! 스빠씨바 발쇼이~~~"

오지 않을 것 같던 네 번째 밤이 깊었다. 7시간만 지나면… 해방이다.
그래 해방이다. 가장 적절한 표현일 것 같다.
그렇게 힘겨웠던 시간들도, 얼마 지나지 않아 반드시 추억으로 돌아올 것을 나는 굳게 믿는다.
깊은 잠이 들어 일어나지 못한다 하더라도, 종착역 블라디보스톡에서 승무원이 깨워줄 테니 오늘은 마음 편한 밤을 맞이하고 싶다.

# 블라디보스톡
## VLADIVOSTOK

○ 9288Km의 대장정을 알리는 기념비

○ 아르촘과 블라디보스톡에서

날이 밝아 9,288Km의 종착역 '블라디보스톡'에 도착이다.
"쁘리비엘! 블라지보스똑"
비교적 늦은 1856년 러시아인들에 의해 이 땅이 발견되었다고 전해진다. 애당초 '군항'으로 개발되었으며, 태평양 진출을 향한 교두보로 삼기 위해 개발되었다.
또, 이곳은 우리 대한민국과도 매우 밀접한 관계가 있는 도시다. 독립운동가 최재형 선생의 거주지(생가)가 아직 남아 있고, 안중근 의사의 1909년 '하얼빈 의거'도 최재형 선생의 집에서 계획된 것이었다.
또, '고려인 강제이주'라는 간단한 단어만으로 일반인들이 절대 알 수 없는 우리 역사 속 '아픈 과거의 상흔'들이 많이 남아 있는 곳이기도 하다.

'바이칼 호수' 탐방으로 멈췄던 시베리아 횡단이, 이르쿠츠크에서 다시 시작되어 4,106Km를 더 달려왔다.

이곳이 바로 극동 '블라디보스톡'이며, 시베리아 횡단의 철길이 시작되고 끝나는 곳이다.

'라만'은 이미 4시간 전에 고향역에서 하차했고, 동생을 만나러 가는 '아르촘'과 종착지 역에 함께 내렸다.

시베리아 횡단열차의 출발지는 원래 '블라디보스톡'을 기준으로 한다. 수도 '모스크바'가 아니다.

배경사진만 담고 있는 나에게 굳이 포즈를 취하라고 아르촘이 성화다.

○ 독립운동가 최재형선생의 블라디보스톡 생가

아침 7시에 도착하니, 마땅히 갈 곳이 없다. 일단 호텔에 짐을 맡기고 다시 역전으로 나와 모닝커피 한 잔에 블라디보스톡의 아침 안개와 마주했다. 그리고 아르촘과도 헤어졌다.

○ 블라디보스톡 기차역. 시베리아 횡단열차의 시작점이다.

블라디보스톡은 대한민국과 가장 가까운 유럽이라 할 수 있다.

유럽? 블라디보스톡이?

"북한 위에 있지만, 어떻든 러시아 땅이니 까이꺼 니도 유럽 해라~"

그렇다. '블라디보스톡'은 본토의 수도 '모스크바'보다 대한민국에 훨씬 가까운 도시다. 하지만 이렇게 가까운 블라디보스톡도 앞서 밝힌 '비자면제협정'체결이 되지 않았더라면, 아직까지 대한민국 여행자들에게는 '그림의 떡'일 수밖에 없었을 것이다.

아니나 다를까, 모스크바 혹은 러시아 서쪽의 유명한 대도시에서는 잘 보이지 않던 한국인들이, 블라디보스톡에서는 한국인지 러시아인지 분간이 되지 않을 정도로 눈에 띄기 시작한다.

자유여행자들도 많고, 여행사 종합선물세트로 온 단체도 상당했다.

한국에서 블라디보스톡까지의 항로와 관련해, 대한민국 국적기와 러시아 국적기에 대한 재미있는 사실 하나가 있다.
'대한항공, 제주항공, 이스타항공'은 일본영공 혹은 중국영공을 향해 날아갔다가 턴 해야 하고, '아에로플로트, 오로라항공, S7'의 러시아항공은 북한 '방공식별구역'을 통과할 수 있기에 북한영공을 직통해서 비행시간이 약 1시간 단축된다는 것이다. 간접적으로나마 북한을 내려다보고 싶은 이들은 선택해도 좋을 듯하다. 단, 러시아국적기라 하더라도 동해 상으로 선회하는 경우도 있다 하니, 선택은 독자들의 몫.

어느 블로그에서 보았던 글이다.
"블라디보스톡은요~ 이태원이랑 비슷해서 다녀와서 많이 후회했어요."
위 글을 남긴 자는 무엇을 보고 느끼고 돌아왔던 것일까?
이해도 안 되고, 무슨 말인지도 모르겠다. 이태원은 이태원이고, 블라디보스톡은 블라디보스톡인 게지, 무얼 어디다 마음대로 뗐다 붙였다 하는지 모르겠다. 그리고 말이 나왔으니 정확히 해두자면, '블라디보스톡'이 훨씬 멋스럽다. '이태원이랑 비슷하다'는 말은 납득 정도가 아니라, '단순이해'도 되지 않는다. 또, 온라인여행 예약대행사이트 '익스피디아 코리아'의 블로그에서 '호텔이 많지 않은 블라디보스톡은~'이라는 말에도, 잠시나마 내 눈을 의심해야 했다.
블라디보스톡의 중심가 기준만 하더라도, 중형급에서 고급호텔에 이르기까지 수십 개에 달하는 호텔에다가 호스텔과 아파트먼트 등까지 합친다면 천여 개 이상의 숙소들이 있는데, '블라디보스톡에 호텔이 많지 않다'니 이 무슨 말인가!

## 시베리아 횡단열차의 출발지 '블라디보스톡 역' Vladivostok Station

○ 기차역과 공항철도역이 붙어있다.

횡단열차의 출발점 위용을 과시할 만한 멋스러운 기차역이다.
역 뒤로는 부동의 항구 블라디보스톡항이 군항과 연결되어 있다.
대규모의 관문이지만, 매시간 북적대지 않아 그나마 여유가 있는 곳이다. 역전의 버스정류장에서 거의 모든 명소로 향하는 버스에 탑승할 수 있으니, 버스로 이동하는 것도 해볼 만한 도전이다.
혁명광장과 가깝고 역 인근에 중형급의 경제적인 호텔들이 꽤 있어 숙박하기에도 안성맞춤인 위치다.

○ 기차역 뒤로는 블라디보스톡 항구가 펼쳐진다.

## 독수리 전망대와 금문교(금각교) Vidovaya Ploshchadka & Zolotoy Most

○ 전망대로 가는 푸니쿨료

'푸니쿨료'라 하는 '레일케이블카'를 타고 올라, 정상에 하차 후 육교를 통해 5분만 걸으면 독수리 전망대에 이른다. 역시나 중국인 관광객들이 시시때때로 차고 넘쳐난다. 그들이 나누는 대화는 머리가 터질 정도로 시끄럽다. 그들이 다시 버스로 이동하면 "그땐 고요한 시간을 가져야지"라는 생각은 하지 않는 것이 좋다. 끝없이 대형버스들이 올라와 그들을 내려준다. 물론 비수기와 단체 여행객들이 몰리는 시간이 아닐 경우라면 상관없겠지만, 하여튼 대륙인들의 엄청난 왕래와 소음은 너무도 나를 힘겹게 만든다.

○ 금각교와 블라디보스톡 항

○ 키릴문자의 창시자 키릴 형제.

독수리 전망대에는 앞서 「중독: 다시 유럽에 빠지다」 '마케도니아의 오흐리드' 편에서 언급한대로, '키릴형제'의 동상이 서 있다. 키릴문자의 창시자이며, 키릴문자를 이용해 발칸반도에서 복음을 전했다는 형제들이다.

독수리 전망대에서 내려다보는 '금문교'는 블라디보스톡 건축물의 신구 조합이 매우 훌륭해 보여 렌즈에 담기 좋다. 만약 쌍트 빼째르부르그의 '마린스키 극장' 분관이 블라디보스톡에 생겼다는 것을 아는 이들은, 블라디보스톡의 '마린스키 극장'도 찾을 수 있다.

'러시아의 샌프란시스코'라 불릴 정도로 높고 낮은 언덕이 많은 곳이 블라디보스톡이다.

평평한 모스크바나 쌍트 빼째르부르그를 생각하며, 아무 생각 없이 걷다가는 다음날 거동이 불편해질 수도 있다.

블라디보스톡의 최정상에 위치해 있는 독수리전망대로 오를 땐 '푸니쿨료'나 스마트폰 택시 앱 '막심'을 이용하고, 하산할 때는 도보로 도전해보자. 내려오는 길 '롯데 호텔'이 보인다면, 제대로 내려온 것이다.

참고로 아주 오래전 '현대 호텔'이 들어선 자리에, 롯데가 인수한 모양이다. 롯데의 영향력이 러시아에서 점차 확대되고 있는 모습에도, 관련이 있는 독자라면 눈여겨볼 대목이다. 참고로 '모스크바 롯데 호텔'은, 러시아 최고의 호텔로 각인된 지 이미 여러 해가 지났을 정도이며, 로비 커피숍에서의 비즈니스 계약 성사율이 상당히 높다 하여 인기가 많다.

## '마린스키' 분관에서 발레 '신데렐라'를 보다

Vladivostok Mariinsky Theatre

○ 마린스키 블라디 분관

○ 블라디 분관의 내부 모습.
빼째르부르그 본관의 멋은 찾을 수 없다.

지난 2012년 블라디보스톡에서 APEC회의 개최를 기점으로, 마린스키 극장의 분관이 탄생됐다. 빼째르의 고풍스런 느낌은 전혀 느낄 수 없지만, 극동에서 수준 높은 문화 예술을 접할 수 있다는 것은 러시아에서 매우 큰 의미가 있다.

또, 대한민국 여행자의 입장에서 놓칠 수 없는 절호의 공연이, 블라디보스톡 분관에서 펼쳐진다고 가정해보자. 여차하면 대한민국에서 2시간 거리 블라디보스톡에서 세계 최정상

공연을 관람할 수 있는 옵션이 생긴 것과 같은 것이다.
어쨌든 내가 도착한 날은, 선택의 여지 없이 발레 '신데렐라'가 펼쳐질 예정인데 영 탐탁지 않다.
일주일 전, 모스크바에서 '지젤'을 관람했지만 또 '지젤'이 보고 싶었던 것이 탐탁지 않은 이유였다.
열차에서 만났던 민지와 블라디보스톡에서 다시 상봉했다.
이미 카카오톡으로 발레 관람을 하기로 했고, 민지가 표를 알아보았으나 비싼 좌석을 제외하고 인터넷상으론 모든 좌석이 매진이었다.
'지젤'도 아니니, 현장에서 취소되는 표를 구해보자는 식으로, 무작정 극장으로 발길을 돌렸다.
현장에 도착하고서도 저렴한 표가 없다. 가장 비싼 표만 덩그러니 남아 우리를 곤혹스럽게 한다.
'지젤'도 아닌데, 저 돈을 주고 어떻게 볼 수 있겠나 싶어 발길을 돌리는 찰나였다.
러시아인 여성이 다가오더니, 자기네들 표를 사겠냐고 물어본다. 이리저리 계산을 해보니 뭐 손해는 아니다 싶어 어렵지 않게 표를 손에 넣었다.
이리저리 계산해본 이유는, 러시아 현지인과 외국인의 관람료가 다르기 때문이다. 현지인이 구입한 표를 매표소에서 추가 수수료를 지불하고 외국인 입장권으로 바꾸어야 한다.
그러는 사이, 몇 명의 한국인들이 표를 덥석덥석 구입하는 것을 보고 내가 물었다.

"표 비싼 거밖에 없지 않나요?"

"아~ 저희는 인터넷으로 예매했는데, 외국인으로 하지 않고 현지인에 체크해서 싸게 샀어요."
이건 또 무슨 소린가! 그리고 저 의기양양함은 대체 어디에서 솟아난 것일까?
한국사람이면 외국인이지, 무슨 현지인 표를 구입하냔 말이다.
정말 '어글리 코리언'이다.
나이가 제법 찬 여성 직장인들로 보였는데, 자부심에 찬 언행에 기가 막혔다.
가장 좋은 좌석의 입장권이 한국 돈 10만 원이 채 되지 않았다. 물론 공연마다 조금씩 금액은 다르다. 이번 공연 좌석을 기준으로 한다 하더라도, 현지인이면 5만 원에 구입할 터.
그렇다면 나머지 5만 원에 '본인들의 양심'을 파는 것인데…
과연…
그들이 감동적인 공연을 봤다고 타인들에게 말할 수 있을까?
속히 고쳐져야 할 좋지 않은 양심들이다.
내가 피해를 주는 건 괜찮고, 나만 피해 입지 않으면 된다는 식인가?
나와는 20년이나 나이가 어린 민지가 보기에도 어이가 없었는지, 놀란 입을 다물지 못하며 나를 물끄러미 쳐다본다.
4부로 구성된 '신데렐라'는, 발레 전문가가 아닌 내가 보기에 꽤 긴 시간 조금은 지루했다.
다소 뮤지컬에 가까운 내용으로 재구성된 공연에, 발레의 참모습은 발견하지 못한 것 같아 못내 아쉬웠다.
발레 '신데렐라'의 막이 끝남과 함께 나의 길고 길었던 '시베리아 횡단'

여행도 마지막 밤이 되었다.

이제 내일이면 시원섭섭하게 될 블라디보스톡을 떠나 대한민국 인천으로, 잠시 체류 후 다시 삶의 터전인 '시드니'로의 귀환이다.

다시 내 삶의 순간순간들 '지금'들과 마주해야 할 때, 이번 '시베리아 횡단' 여행은 너무도 큰 추억과 힘이 될 것만 같다.

○ 신데렐라 공연을 마친 후 커튼콜을 하고 있다.

## 라씨야~ 다스비다냐

## Good-Bye, RUSSIA

러시아를 여행하는 동안 느꼈던 이방인들에 대한 게슴츠레한 러시아인들의 눈빛과, 러시아어가 통하지 않으면 오히려 자기네들이 어이없는 표정을 짓는 모습에 다소 당황할 수도 있을 것이다. 하지만 여행을 마친 후 옛 시간을 추억하다 보면, 어쩌면 그것 역시 사무치게 그리워질지도 모른다.

세계에서 가장 큰 땅덩어리, 세계에서 가장 긴 기찻길, 세계 최초의 담수호를 가진 러시아.

'2018 FIFA 월드컵'을 개최하고 분명 많은 것들에서 달라져 있음을 볼 수 있었다.

언제 또 이곳에 올 수 있을까?

그때는, 입김마저 얼려버리는 '겨울의 바이칼'을 꼭 만나고 싶다.

'겨울 바이칼'을….

# 시베리아 횡단열차에 대한
## 간략한 정보

○ 시베리아 횡단열차의 출발역(블라디보스톡)

○ 시베리아 횡단열차의 종착역(모스크바)

## | 열차 클래스와 좌석선택

분명 개인별로 선호하는 좌석(침대)이 있겠지만, 장시간 시베리아 횡단열차 여행 시 가장 좋은 좌석은, 두말할 것 없이 아랫칸이다. 쿠페는 4인실 밀폐형 구조로 되어 있어 위아래 어느 쪽도 크게 상관없다. 하지만 좌측 침대 4개와 복도의 형태로 난 침대 2개가 한 공간인 6인실 개방형 공간 '쁠라찌까르따'는 무조건 침대 4개가 있는 방향의 1층이 편하다.

○ 4인실 꾸뻬의 복도

○ 6인실 쁠라치까르따의 객차 모습

유학생 시절 짧은 구간 여행 시에는 짐을 많이 가지고 다니지 않아 2층이 편했는데, 짐을 많이 가지고 장시간 횡단할 경우에는 1층이 최고다. 조그마한 식탁은 2층에 있는 사람이 잠깐 식사를 하는 동안 이외에 거의 전용으로 사용 가능하며, 횡단하는 오랜 시간 동안 수도 없이 물건을 꺼냈다 뺐다 하다 보면 왜 1층이 최고라고 했는지 알 수 있을 것이다.

1, 2, 99, 100호 열차는 과거에 비해 아주 많이 좋아졌다. 100번대 이상의 열차는 에어컨이 안 되고 화장실 사용과 간단한 세면도 열악한 환경이다. 물론 편성 1호와 100호까지만 해당하는 아주 제한적인 얘기겠지만, 150루블을 지불하면 열차에서 간단한 샤워도 20분간 할 수 있게 되었다.

또, 레스토랑은 2인실 특급 '륙스'뿐만 아니라, 현재 6인실도 아침 점심 저녁 모두 주문할 수 있게 되었다. 물론 4인실과 6인실은 추가비용을 지불해야 한다. 4인실보다 6인실 식사가 좀 더 저렴하다.

참고로 최고 특급객차인 2인실 '륙스'는 단구간에 열차가 편성되며, 일반적으로 러시아 횡단 전 구간에 대해서는 운영하지 않고 있다.

### | 차장의 역할과 차장방

○ 두 명의 차장이 교대로 근무한다.

10여 년 전만 하더라도 여성 차장 근무자 중 99%가 '발샤야 제부쉬까 -

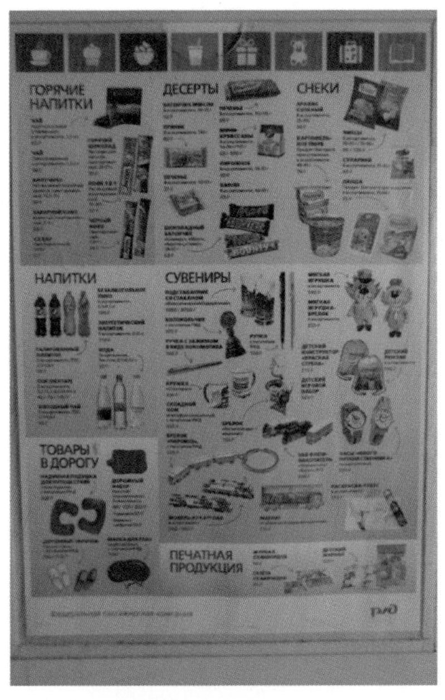


○ 열차에서 판매하는 기념품들
(차장에게 문의하면 구입이 가능하다.)

○ 열차 시간표와 열차에서 판매하는 기념품들

뚱뚱한 아줌마'들이었다.

하지만 이번 열차 여행에서 보았던 수많은 젊은 여성 차장들의 모습은, 러시아에서 일어난 수많은 변화 중 하나로 볼 수 있다.

차장은 출발지에서 승차권과 여권을 대조 확인 후, 열차가 출발하면 다시 승차권을 수거한다. 그런 후 시트 2개(매트리스 커버와 이불용도)와 수건, 베개 커버를 제공하고 아주 좁은 오피스를 겸한 방에서 정차역과 관련한 업무일지를 작성하고, 근무 외 시간에는 휴식을 취하고 야간에는 교대 후 잠을 잔다.

이게 모두가 아니다. 시시때때로 화장실과 객차의 복도를 청소하며, 쓰레기통을 비우고, 승객들에게 간식거리와 각종 기념품들을 판매해야 하는 쉽지만은 않은 일이다.

차장은 열차의 최종 목적지 도착 전까지 1량 24시간 2교대로 근무하며, 교대 후에는 사복 차림으로 자유시간을 가진다.

일반여행자들이 차장과 마주할 일은, 승차권 검사와 간식거리 구입할 때

▲ 차장 비딸리아가 근무하는 시간에 동료들이 찾아 와 함께 대화를 나누며 기념촬영 한 컷.

◀ 근무가 끝난 승무원 일레나와 함께

를 제외하고 없다고 보면 된다. 다만 러시아어가 가능하다면, 긴 시간 동안 2명의 차장 혹은 옆 객차의 예쁜 미녀 차장들과도 즐거운 추억들을 만들 수 있을 것이다.

## | 전기 콘센트

과거에 비하면 아주 많아졌다. 횡단열차 2호에도 없던(어딘가에는 있을 수도 있다.) USB 충전 단자를 100호 12번 객차에서 보고 많이 놀랐다.
주먹구구식의 열차 제작방법인지 무엇인지는 모르겠지만, 정형화되어 있는 것은 아직까지 보기 힘든 모양새다.
아무튼 내 자리에 콘센트가 있더라도 타인이 원하면 사용할 수 있게 해야 하고, 내 집인 양 전세 내어 사용하는 것은 러시아 열차여행에서 바람직하지 못한 행동이다.
신형 객차인 경우, 량과 량 사이의 철문이 자동문으로 바뀌었다는 것은, 음… 그 자체로 개혁이다.
쉽게 열어젖힐 수 없는 무거운 일반 수동문에 조금도 불편함을 느끼지 못하는 그들이었다.
개혁이 아니고서는 바꿀 사람들이 절대로 아니다.

## | 각 도시 출도착 시간표

형식만 갖춘 것이 아니라, 거의 완벽에 가까운 출도착 시간표다.
열차의 해당 시간표는 차장 오피스 혹은 차장 침실 방문에 붙어져 있다.
횡단열차에 관련해서는 9,288Km로 알려져 있지만, 열차 편성에 따라 2호 차량은 9,259Km, 100호 차량은 9,300Km라는 주행거리가 시간표에 명시되어 있다.

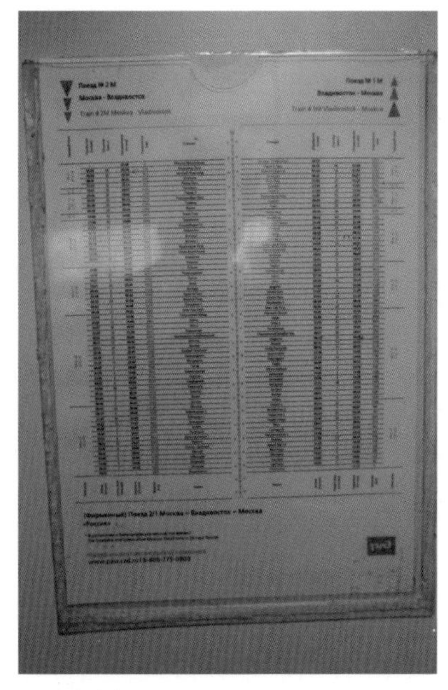

○ 열차 시간표

○ 온수통 사모바르

## | 온수통 '사모바르'

러시아 현지인이든 외국 여행자든 열차 내에서의 주식은 거의 '컵라면'이라 봐도 무방하다.
컵라면과 차이(차), 커피 등을 먹고 마시라고 설치되어 있는 온수통이다. 항상 뜨거운 물이 준비되어 있으니, 온도 확인을 위해 손을 갖다 대는 것은 금물.
온도 확인을 위해 손을 갖다 대었다간 시베리아 횡단을 조기에 마쳐야 할 수도 있다.

## | 화장실, 그리고 샤워

신형 객차인 경우 화장실이 두 개 마련되어 있지만, 구형 객차인 경우 화장실은 남녀공용 하나다.
물론 아주 작은 세면대도 화장실에 딸려있다. 기본적인 세안도 쉽지만은 않다.
어떤 이들은 골프공을 준비해서 세면대에 뚫린 배수구를 막아 사용하라고 하지만, 세면대를 막는 고무가 없어진 것이 아니라 처음부터 구비해 놓지 않은 것이다.
그러니까 사용하지 말라는 뜻과 같다.

배수구를 막고 사용하다 보면 흔들리는 객차에서 물이 흘러내릴 수도 있고, 넘칠 수도 있다.
바닥에 구멍 하나가 뚫려있지만, 사용하는 사람들이 끊이지 않아 깨끗하게 건조되지 않는다.
그리고 골프공과 사이즈도 맞지 않다. 한 번 눌러 수초 간 사용할 수 있는 수도는 다 이유가 있는 것이다.
좁은 열차에서 화장실을 기다리는 다음 승객과 또, 모든 시설을 관리하는 차장과 얼굴 붉히는 일이 없어야 그나마, 정말 그나마 편안하게 여행할 수 있다.

○ 비용을 지불하면 샤워도 가능하다.

참고로 시베리아 횡단 주 열차인 1호와 2호, 99호와 100호에는 150루블을 지불하면 20분간 샤워가 가능하다.
여행자들의 예약이 많을 경우 바로 사용할 수도 없다. 시간에 맞춰 예약 후 사용이 가능한데, 이는 열차라는 특수한 환경을 고려해서 제작된 물 탱크의 크기로 인한 것이다.
아울러 정차 시간표를 확인한 후, 큰 역에 정차하기 전 시간에는 사용을 피하는 것이 좋다.
이유는 물이 없다. '콸콸콸' 나오던 물이 '졸졸졸' 나와 샤워가 어렵기 때문이다.

## | 레스토랑

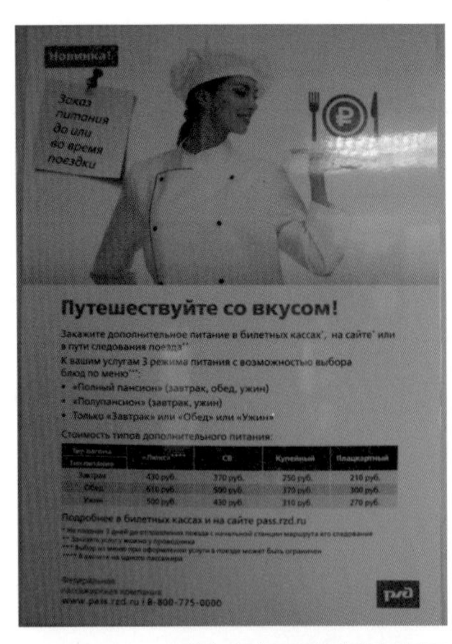


○ 객차 내 레스토랑 딜리버리 광고

○ 식사시간을 피하면
꽤 멋진 시간을 보낼 수 있는 레스토랑 객차

○ 레스토랑의 음식들

기본적으로 우리 입맛에 딱 맞는 음식은 거의 없다고 보면 된다. 그리고 다른 물가에 비해 굉장히 비경제적이다.

아주 작은 고깃덩이 하나에 보리밥, 허름한 샐러드와 커피 한 잔에 1,000루블을 쉽게 쉽게 넘기지만, 맛도 없고 배부르지도 않다.

열차에 따라 또, 사람에 따라 다르겠지만, 매우 불친절한 직원이 근무할 경우 사진 하나 없는 메뉴는 여행자를 더욱 힘들게 한다. 그나마 노어가 가능하다면, 본인의 기호대로 주문하면 된다. 다시 말하지만, '가성비 노 굿'이다.

장거리 여행 즉, 모스크바와 블라디보스톡 구간의 횡단을 계획하는 이들은 출발지 역전 상점에서 다양한 먹거리를 준비하도록 해야 한다.

나는 많이 먹지 않지만, 또 무조

건 굶지 않는다.
나의 기준으로 열차에서 하루를 보낸다면, 도시락 라면 2개, 오이지 1병(작은 병 하나로 이틀을 견딜 수 있으며, 김치 대용으로도 매우 적합하다.), 500mL 주스 한 통, 그 외 주전부리로 초콜릿 혹은 과자 등을 준비하면 식사에 별 차질이 없다.
조금 더 챙긴다면 햄이나 치즈, 오이와 토마토, 식빵 등을 준비해서 현지인들과 비슷하게 먹는다면 포만감을 훨씬 더 느낄 수 있다.
러시아인들이 열차에 탑승하기 전 한가득 짊어진 짐에는, 여행 중 요기할 식량이 3분의 1일 정도로 잘 챙겨다닌다. 심지어 봉지라면을 부숴 그릇에 담아 먹을 그릇까지 준비해온다.
정신적인 여유와 짊어진 배낭에 여유가 있다면, 한국에서 미니 고추장과 인스턴트커피를 준비하자.
누군가가 또 얘기하겠지.
"러시아에까지 가서 고추장과 한국 일회용 커피를 마셔?"
러시아가 아니라 러시아 할배라도 필요한 것이 '우리네 것'이다. 모든 것을 준비할 순 없겠지만, 고추장과 커피는 상당히 도움이 된다. 아울러 대한민국의 인터넷에서 판매되고 있는 '전투식량'은 아마도 횡단열차 최고의 주식이 되리라 믿어 의심치 않는다.
이번 여행에서는 시간적인 여유가 없어 전투식량을 준비하지 못했지만, 「중독: 뉴질랜드, 만년설 그리고 빙하에 빠지다」와 「중독: 다시 유럽에 빠지다」 출간을 위한 뉴질랜드와 유럽여행에서 전투식량은 어마무시한 역할을 톡톡히 감당했다. 또 밝히지는 않았지만 '9부 다시 유럽에 빠지다'의 대부분 국가들에서 전투식량이 없었다면, 시간과 비용이 훨씬 많이 지출되었을 것이다. 원하지 않는 여행자들은 불평 없이 현지에서 감내해내면 된다.
요약하자면, 뜨거운 물을 사용하여 끼니를 해결할 수 있는 식품을 준비하면 만사 OK다. 그 외 필요한 물품을 준비하지 못했다면, 객차 내 혹은 중간 정차역에서 구매할 수 있다.

### | 음주, 흡연

레스토랑에서는 맥주를 팔기도 하지만, 원칙적으로 객차 내에서 음주, 흡연은 금물이다. 중간 기착지에서 흡연이 가능하고, 캔맥주 정도는 상관없으나 페트병 맥주 혹은 보드카는 러시아인들도 숨겨서 먹을 정도다.

### | 환기

완전 꽝이다. 호흡기 질환이나 그에 버금가는 질환이 있다면, 시베리아 횡단 여행에 대해 깊은 생각을 해봐야 한다.
특히 제공받는 질이 좋지 않은 '린넨'에서 엄청난 먼지가 발생하지만, 러시아인들은 그 어떤 것에도 아랑곳없이 힘차게 툴툴 털면서 침구를 정리하는 편이라, 보고 있는 것만으로 온몸의 구멍으로 먼지가 들어오는 기분.
정말 환기 안 된다. 150여 개의 크고 작은 역 중에서, 약 70여 개에 달하는 중간 기착역은 내리고 타는 이들이 많다. 러시아인들은 아무도 개의치 않지만, 미세먼지에 민감한 우리에게는 심각한 수준이다.
밤마다 시달리는 엄청난 발 냄새, 근원도 알 수 없는 갖가지 음식물 냄새, 소음 등은 자유여행에 도가 튼 사람 혹은 '그러한 분위기는 나에게 아무런 해가 되지 않아!' 하는 이들을 제외하곤 낭만 횡단은 기대하기 어렵다.
그나마 4인실 '쿠페'가 조금 낫지만, 시베리아 횡단열차의 매력은 6인실 '쁠라치까르따'에 있을 것이다.

## | 열차에서 만나는 러시아인

러시아 곳곳을 여행하며 중간중간 마주했던 러시아인들의 숫자보다, 열차에서 러시아인들과 마주하는 횟수가 몇 곱절은 많을 것이다. 그들은 첫인상이 차갑지만, 어느덧 시간이 흘러 서로의 낯이 익숙해지면 서슴없이 대화를 건넨다. 러시아어든 영어든….
그들과 대화를 나누다 보면 이따금 현대자동차와 삼성전자 등에 엄지를 치켜세우는 이들이 있다.
하지만 그들은 그런 것에 "너네의 기술은 정말 우월해!" 하는 생각에까지 미치지 않는다. 땅이 크고, 아름다운 자연을 가졌으며, 아직도 과거 전 세계를 상대로 '으름장'을 놓았던 것에 더 큰 자존감을 가지고 있는 국민들이다.
하.지.만…

러시아어가 가능하다면, 이 모든 오만함을 잠시나마 한방에 잠재워버릴 수 있다.
그.러.나…
가방에서 끄집어낸 멋지고 잘빠진 노트북과 러시아 젊은이들 중 90%는 가지고 있지 않은 DSLR, 혹은 미러리스 카메라, 또 명품에 준하는 가방에서 꺼내어 쓰는 소지품을 바라보고 절대 부러워하지도 않는다. 오히려 시장표 가방에서 음식물 한가득 끄집어내어, 미소 지으며 맛있게 먹으며 초라한 내 식단을 안타까워하는 이들이 러시아인들이다.
사실 러시아를 여행하다 보면, 검소해져야겠다는 생각을 많이 하게 된다.
"그간 내가 너무 물질만능에 시달리고 있었구나."라는 생각들 말이다.
그런 생각들이 찾아들 때면 나를 돌아보아야 할 때가 임박했다는 것임이 틀림없다.

### | 브니마니에(노티스)

'시베리아 횡단열차에 대한 간략한 정보'를 쓰고 나니, 알쏭달쏭해졌다.
이건 뭐 가라는 건지, 가지 말라는 건지 감을 잡을 수 없게 되었다.
'중독 시리즈'의 모든 책들이 그러하듯, 이 역시 사실 그대로를 기술한 것이다. 선택은 독자들의 몫.
참고로 나는 "어느 나라가 제일 안 좋았냐?"라는 질문에 단 한 번도 대답한 적이 없다.
좋지 않은 나라는 없기 때문이다. 다만 현지의 상황과 잘 맞지 않아 좋지 않은 추억을 가질 수 있을지 모르겠지만 말이다. 아울러 '안 좋은 여행'도 없다는 것이 내 지론이다.
러시아의 '시베리아 횡단열차' 여행 또한 그리 행복한 시간만은 아니다.
일주일을 좁아터진 기차에만 있어야 하는데 무엇이 행복할 수 있으랴!
다만 새로운 경험에 대한 기대와 또, 힘든 여정을 마무리하고서 세월이 흘러 추억할 때에 "그래! 시베리아 횡단열차 여행 너무나 멋진 일이었지!"라고 추억할 수 있는 것이 아닐까 생각한다.
아울러, 모스크바를 출발하여 '바이칼'에 들렀다가 블라디보스톡까지 경험한 '시베리아열차횡단'은 아마 내 죽는 순간까지 절대 잊지 못할 아주 소중한 추억임에 틀림이 없다.
9,288Km의 철길 위에서 7박 8일간 머물렀던 2018년의 7월 그 순간순간 당시의 '지금'들 말이다.
게다가, 바이칼 호수는 또 말해 무엇할까!

PART
# 05

# 비하인드 스토리 OF BAIKAL

음… 겨울 바이칼이라….

작년 7월의 마지막 날 러시아를 떠나며 '겨울 바이칼' 방문을 다짐하고, 호주로 돌아와 일상으로 복귀했다.

하지만 그 어떤 '열심' 속에서도 '겨울 바이칼'이 머리를 떠나지 않았다.

"지금은 아니야! 그래 지금 당장은 안돼! 밀려있는 일들이 산더미 같은데…."

아무리 떨쳐 내려 애써도 쉬운 일이 아니었다. 어느 것 하나 손에 잡히지 않고, 무얼 해도 의욕이 생기지 않는 일과 속에 결국 사고를 치고 말았다.

"그래, 아무것 손에 잡히지 않은 채 마음고생 하지 말고 다녀오자. 그래까짓거 뭐 다녀와서 더 열심히 살면 되지!"

그렇게 결정하고, 한참을 고민했다.

고민에 대한 이유는, 누군가들과 함께 한다면 더 즐거운 '겨울 바이칼' 여행이 되겠다는 생각에서였다.

몇 명의 지인과 통화를 나누던 중, 불현듯 부모님이 떠올랐다.

'여름의 바이칼'을 다녀온 지 정확히 6개월이 지난 시점이었다.

거의 모든 통화를 엄마와 나누지만, 꽤 무게가 있는 대화는 반드시 아버지에게 직통으로 전화를 한다.
잠시도 지체할 수 없이 급한 마음에 다짜고짜 아버지께 전화를 드렸다.

"아버지 별고 없으셨죠?"
"어. 그래 울아들 잘 지내제?"
"예. 다름 아니라, 이번 겨울 러시아 한번 가실래요?"

울 아버지는 여행뿐만 아니라, 막내아들이 무얼 하자고 하면 이유도 잘 묻지 않으신다.

"그래, 좋지!"
"다음 달 2월 중순경에 간다 생각하시고, 대충 준비하고 계세요. 제가 한국 들렀다 모시고 바로 출발할 수 있도록이요."

곧 여든을 바라보는 노년의 삶이 되어 버리셨지만, 아직은 아들과 함께 언제든 어디든 여행할 준비가 되신 분들이라 역시 한 치의 망설임도 없으셨다.

늦은 시간 부산 김해공항을 이륙, 극동 러시아 '블라디보스톡 국제공항'에 도착했다.
자정을 막 넘긴 시간 도착하여, 최대한 부모님의 안전과 건강을 생각하여 앞뒤 잴 것도 없이 '프리미엄 공항택시'를 예약했다. 공항 밖으로 나오니, 굵은 눈발이 세찬 바람과 함께 몸의 체온을 순식간에 차갑게 만들어 버린다. 도시 중심부는 블라디보스톡의 공항과 꽤나 떨어진 곳에 위치한다. 부모님은 러시아 변두리의 암흑과 현지에서 처음 듣는 다소 거친 러시아어에 잔뜩 긴장한 모습이다.

도심과 가까워지며 눈에 익은 몇 개의 건축물들을 가리키며 설명을 드리니, 그제야 가로등에 비친 붉은 얼굴에 살짝 미소가 드리워졌다.

느릿느릿한 러시아식 호텔 체크인이, 자정을 넘긴 시간임에도 불구하고 어쩐 일인지 신속하게 처리되었다.

"아침 일찍 식사하고 나가야 하니 대충 씻고 얼른 주무세요."

험난할 수 있는 첫 과정이 순조롭게 해결되어 유쾌한 밤을 보낼 수 있을 것 같다….

○ 블라디보스톡 국제공항

○ 시베리아 횡단의 시작점에 선 부모님.

○ 블라디 여행자 거리 입구에서

○ 블라디보스톡 혁명광장

## **바이칼 호수에**
## 당도하는 방법

앞서 내용에서도 밝혔지만, 바이칼 호수를 보기 위한 여정은 사실 쉽지 않은 일이다. 왜냐하면 이르쿠츠크에서도 바이칼 호수까지 편도 약 5시간의 이동이 필요하기 때문이다.
바이칼 호수로 가는 가장 간단한 방법은, 대한민국의 인천 혹은 부산에서 이르쿠츠크까지 왕복항공을 이용해 이르쿠츠크에 도착 후 곧장 바이칼로 가는 것이다. 하지만 공항 도착시간과 버스 출발시간이 연계되지 않는다.
크게 볼 것 없는 이르쿠츠크지만, 최소 도착하는 날은 숙소를 준비해야 한다.

바이칼 호수로 가는 가장 이상적인 방법은, 모스크바 혹은 블라디보스톡에서 시베리아 횡단열차를 타고 이르쿠츠크를 경유해서 바이칼로 가는 것. 혹은 이르쿠츠크에 곧바로 도착해서 바이칼 호수를 다녀온 후, 시베리아 횡단열차로 모스크바 또는 블라디보스톡으로 가는 것이다.
일정을 많이 뺄 수 없는 여행자라면, 가장 간단한 방법 이외 다른 길이 없다. 나머지 방법들은 최소 10일 이상은 소요되는 까닭이다.
참고로, 정말 시간이 없는 여행자들이 하루 만에 '바이칼 호수'를 보는 방법도 있긴 하다. 이르쿠츠크에서 버스로 약 1시간 거리인 '리스트비얀카'로 가자. 그곳에서 바이칼 호수의 끝자락을 아쉽게나마 감상할 수 있다.

일찌감치 9시 30분 호텔을 떠났음에도 불구하고, 오후 4시가 되어서야 바이칼의 숙소에 도착했다. 지난여름엔 차량을 놓치고 12시가 다 되어 출발했음에도, 5시에 도착한 것과는 상당한 차이가 난다. 도로가 얼어 버린 까닭도 아니다. 러시아인들의 무모함에 가까운 드라이빙은, 사실 여름이나 겨울이나 별반 차이가 없다. 하지만, 모든 여행자들을 태우고 잠시 들른 차량 차고지에서 이유도 모른 채 많은 시간을 보내야 했다.
연로한 분들이라 화장실을 자주 다녀와야 함에도 불구하고, 6시간가량 좁은 밴에서 아무런 불평 없이 여행을 즐기신 부모님께 다시 한번 감사한 순간이다.
사실 중간중간 화장실 문제가 쉽지만은 않아 내심 걱정했는데, 무탈하게 잘 도착했다. 블라디보스톡에서 2박 3일, 시베리아 횡단열차에서 3박 4일, 이르쿠츠크에서 1박 2일, 밴 차량에서 6시간.
'바이칼 호수 여행!' 정말로 쉽지 않은 모험이다.

○ 현지인 두 분이 부모님을 챙겨주셨다. 감사한 마음을 전한다.

○ 엄마는 말 한마디 통하지 않는 블라지미르와 벌써 소통이 시작되었다.

▲ 레스토랑 객차에서 음식을 기다리는 동안 아버지의 일장연설이 시작되었다.

◀ 3박 4일 열차에서만 시간을 보내야 했던 아버지는 무슨 생각을 하셨을까

○ 시베리아 횡단의 여름 풍경

○ 시베리아 횡단의 겨울 풍경

# 겨울 바이칼

## Lake Baikal

지난여름, 이르쿠츠크에서 바이칼까지 이동하며 차창 밖으로 보았던 풍경들은, '시베리아'라는 단어와 어울리지 않을 정도의 푸르름이었다.
"그래, 무슨 놈의 시베리아에 초록 풀들이라니…."
하지만, 러시아에도 모든 것을 녹여버리는 뜨거운 여름이 있다.
그렇다, 극한의 추위를 가진 러시아에도 봄이 오지 않는가 말이다.
꽁꽁 얼어붙은 바이칼 호수에 다다라, 무척이나 궁금했던 한 가지가 채 10초도 지나지 않아 해결되었다.
출렁이는 푸른 바이칼 앞에서, 차량의 흐름따라 풀풀 날리는 흙먼지를 마시며 카페리를 기다려야 했는데… 모든 것이 얼어 버렸으니, 차량을 싣고 갈 배가 없다.
대신 이르쿠츠크에서부터 타고 온 밴 차량이 거침없이 '바이칼 호수'로 돌진한다. 정확히 6개월 만에 출렁이던 물길이 도로가 되어 버린 것.
얼어붙은 바이칼 호수 위에는 나름의 차선도, 속도 안내판도 설치가 되어 있다. 6개월 전의 출렁이던 호수들은 어디로 자취를 감추었단 말인가.
상상만 했던 호수 위를 달려 알혼 섬의 '후쥐르 마을'에 도착했다.
6개월 전 만났던 뜨거운 '여름의 바이칼'은 온데간데없고, 모든 것이 '얼음'으로 변해있다. 고단한 하루 일과가 끝나려는 듯, 붉은 노을이 온 바이칼을 감싸고 서서히 어두움이 내려앉는다.
바이칼의 황혼녘은, 여름에도 그러했듯 지금도 너무나 아름답다.

○ 도로가 되어 버린 겨울의 바이칼 호수

○ 4계절 모두 바이칼에서 종횡무진하는 '우아직'

## 바이칼 북부 투어

○ 사자바위와 악어바위(겨울바이칼은 악어바위가 분리되어 보이지 않는다.)

바이칼 여행은, 크게 여름과 겨울로 나뉜다. 그 속에 북부투어와 남부투어가 있고, 조금 더 세밀하게 관찰하기 위해선 지역에 따라 각종 옵션이 붙게 된다. 물론 소요되는 경비도 제각각 다르다.

여름이든 겨울이든 일정이 허락된다면, 북부투어와 남부투어 모두를 추천한다. 모든 투어가 하루의 일정이 소요되는 까닭으로 시간이 여유롭지 않을 경우 두 곳을 다녀오기는 힘들다. 하루에 두 곳을 다녀오는 상품은 아직 없기도 하거니와 거의 모든 여행자들이 북부투어만으로 만족한다. 어떻든 일반적으로 여행자들에게, 운전을 겸하는 가이드가 추천하는 일정은 단연코 북부투어다.

○ 알혼섬의 최북단 '하보이 곶'

○ 물 위에 떠 있던 바위는 대지 위로 우뚝 솟아버렸다.

○ 호수 위를 걸을 수 있는 것은 겨울 바이칼의 특권.

도착하는 날 얼음이 되어 있는 바이칼 호수를 횡단했음에도 불구하고, 바이칼 호수를 마음껏 가로지르는 '지금', 모든 것이 그저 신기할 뿐이다. 특히 바로 직전 여름 출렁이는 바이칼을 보며, 겨울의 모습을 상상하지 않았던가!

상상보다 더욱 완벽한 겨울의 바이칼이 되어 나를 반긴다.

부모님들은 여름의 바이칼을 본 적도 없으면서, 덩달아 신기하기만 하다. 그리고, 얼어붙은 바이칼 위에 당도해 있다는 사실이 믿어지지가 않는다고 하신다.

부모님과 함께 지금껏 7개국을 다니면서 처음 듣는 말이었다.

"와! 여긴 정말 죽기 전에 꼭 와 봐야겠다. 너무너무 신기하고 아름다워 무엇으로도 설명할 수 없을 것 같네."
연신 사진을 찍어대는 아버지 곁에서 엄마가 던진 한마디, 아무런 설명 필요 없이 '빙고'다.

그랬다. 여름의 바이칼도 너무나 아름다웠는데, 겨울의 바이칼은…
정말이지 그 무엇으로도 설명할 수가 없었다. 아이슬란드의 신기에 가까웠던 그 대자연도, 시베리아의 겨울, 아니 '바이칼의 겨울'과 견주지 못할 정도다.
북부투어를 하는 모든 시간, 그렇게 온몸을 꽁꽁 얼게 하는 추위도 부모님들의 바이칼 삼매경에 빠진 행복을 뺏지 못했다.
동심으로 돌아간 양, 부모님들의 조금은 들뜨고 행복한 모습들을 바이칼 호수 위에서 담아낼 수 있었던 것은 내게도 큰 감사요, 행복이었다.
하지만, 러시아의 모든 겨울 내내 바이칼 호수가 '얼음 땡땡'으로 변하는 것은 아니다.
일 년에 정확히 3주만 모든 것을 얼려버린다.
쉽게 말하자면 3주 전까지는 단단한 얼음의 호수를 만드는 과정에 있는 것이고, '딱 3주'만 정점을 찍고, 서서히 해빙이 시작되는 것이다.
사실 '정점의 3주'도 바이칼 호수의 모든 물을 얼리지는 못한다. 다만 아주 오래전부터 안전이 확인된 곳을 자동차로, 발걸음으로 여행할 수 있는 것이다.
그 '정점의 3주' 언제일까~~~요?
정답을 적어 메일을 보내주시면 사은품을 드립니다.

○ 엄마는 호수가 얼어붙으며 생긴 자국들이 무섭기만 하다

○ 북부투어 중 중식으로 제공되는 '오믈매운탕'. 기사 겸 가이드가 요리까지 한다.

○ 겨울 바이칼 북부투어

○ 겨울 바이칼 북부투어

○ 겨울 바이칼 북부투어

○ 겨울 바이칼 북부투어

○ 겨울 바이칼 북부투어

○ 겨울 바이칼 북부투어

## 고단한 여행의 끝은, 집

○ 바이칼 투어를 마치고 이르쿠츠크로 향하는 길

시끄럽게 싸우는 중국인들로 인해 밤잠을 설쳐야 했다. 전 세계 그 어느 곳에서도 보지 않을 수 없는 중국인 여행자들. '여름 바이칼'에서 그러했듯 이번 '겨울 바이칼'에서도 여행자 90%가 대륙인들로 추정되었다. '되먹지 못한 그들만의 습관'은 이미 도를 넘어 분노에 이르게까지 하며, 세계 곳곳에서 '그들만의 습관'은 많은 여행자들로 하여금 눈살을 찌푸리게 한다. 아주 많이, 그리고 굉장히 자주. 중국의 어떤 정책이, 최근 10여 년간 전 세계를 누비고 다니며 호령하고 있는지 모르겠다. 정말 10여 년 이전까지만 하더라도 일반적인 중국인들은 대부분 세계여행에 문외한들이었는데 말이다.

러시아 '까잔'에서 공부할 당시, 중국 여대생 '짱나'의 우스꽝스러웠던 얘기가 점점 현실이 되고 있다.

세계지도를 펼쳐놓고 수업이 진행되는 상황에, 자기네 나라가 가장 크다고 말했던 '짱나'.

4개국에서 모인 유학생들 모두를 경악게 한 시간이었다. 정말로 짱난다.
아직은 너무도 척박한 '바이칼'에, 부모님을 모시고 조금 더 편하게 여행하겠다는 의지로 꽤 비싼 숙소를 정했는데, '그들의 몰지각한 매너'로 인해 많은 것들을 빼앗겼다.
특히, 중국 가수 한 명이 '바이칼'의 내용을 담은 노래를 발표하면서 그들의 발길이 시작됐다.
이번 겨울여행에서, 지난여름 방문에 비해 기하급수적으로 늘어난 그들을 바라보니, 알 수 없는 깊은 한숨이 거칠게 나온다.
그리고, 그들은 이미 바이칼의 대부분을 접수 완료했다. 바이칼의 중심이자 유일한 유인도 알혼 섬의 '후쥐르 마을'에서 가장 큰 규모로 건축되고 있는 호텔 또한, 그들의 돈이다. 아울러 소형에서부터 중형 숙소의 상당 부분에 이르기까지…
앞으로 전 세계를 다니며 우리가 소비하는 거의 모든 경제적 지출들은, 어쩌면 그들의 주머니에 쏙쏙 모두 다 빨려 들어갈 날이 올지도 모른다. 심히 염려스럽다.
중국 여행자들에겐 불모지에 가까웠던 여행지들도, 이미 오래전부터 곳곳에 중국어 안내가 넘실거린다.
체크아웃과 이르쿠츠크로 돌아가기 위한 차량을 기다리기 위해 제법 긴 시간 숙소 '리셉션'에서 대기했다.
가격대만 놓고 보아도 1급에 속하는 우리의 숙소를 찾는 거의 모든 여행자들이 '중국인들'이었다.
더욱 놀랐던 사실 하나는, 3일 동안 체류했던 숙소에 우리 가족을 제외한 모두가 중국 여행자들이었다.

심지어 그들은, 러시아 '바이칼 호수'에서 러시아어 구사가 되지 않더라도 여행에 전혀 문제가 없을 정도다.
바이칼의 자연재료를 사용해 천연화장품까지 제조하는 자존심 강하고 아리따운 숙소 주인장이, 유려한 중국어 실력으로 중국인들을 응대하는 것을 목격했을 때…
부모님과 나는 서로의 얼굴만 번갈아 쳐다볼 수밖에 없었다.

바이칼 여행을 마치고, 다시 이르쿠츠크로 돌아간다.
아버지는 아쉬운 듯, 이미 아침 산책을 홀로 다녀오셨음에도 불구하고 자꾸만 고개를 돌려 멀어져 가는 바이칼의 뒷모습을 바라보신다.
얼어붙은 호수 도로를 질주하던 중, 혼잣말하는 것인 양 엄마가 던진 한마디.
"바이칼 호수의 여름은 어떻는고~~~"

음… 부모님과 함께 여름 바이칼이라~

나는 한국에서 소싯적에 자동차튜닝을 좀 즐겼다. 자동차동호회에 가입하여 왕성하게 활동하면서….
튜닝을 즐기는 이들 사이에 오르내리는 말이 있다.
"튜닝의 끝은 순정이다."

집으로 돌아가는 발걸음이 왠지 모르게 경쾌하다.
그것은 여름과 겨울의 바이칼을 원 없이 가슴에 담은 까닭과 함께 '최종 목적'을 이루는 날이기도 해서다.

앞서 튜닝의 끝이 순정이라 했던가?

"여행의 최종 목적은 안전하게 집으로 돌아가는 것이다."

○ 하바롭스크 공항을 떠나 대한민국 하늘로…

**중독 : 러시아, 그리고 시베리아 횡단에 빠지다**

**초판 1쇄 인쇄** 2019년 12월 10일
**초판 1쇄 발행** 2019년 12월 17일

**지은이** 송준영
**펴낸이** 류태연

**편집** 이소라 **디자인** 박소윤, 김세민 **마케팅** 유인철

**펴낸곳** 렛츠북
**주소** 서울시 마포구 양화로6길 57-14, 2층(서교동)
**등록** 2015년 05월 15일 제2018-000065호
**전화** 070-4786-4823 **팩스** 070-7610-2823
**이메일** letsbook2@naver.com **홈페이지** http://www.letsbook21.co.kr

**ISBN** 979-11-6054-337-7 03810


* 이 도서의 국립중앙도서관 출판예정도서목록(CIP)은 서지정보유통지원시스템 홈페이지(http://seoji.nl.go.kr)와 국가자료공동목록시스템(http://www.nl.go.kr/kolisnet)에서 이용하실 수 있습니다. (CIP제어번호 : CIP2019050378)
* 잘못된 책은 구입하신 서점에서 바꾸어 드립니다.